한 줄도 좋다, 우리 희곡

✳

걷잡을 수 없는
비인 마음!

〈두 애인〉

일러두기

- 인용문은 출처에 따르되 띄어쓰기는 수정하였습니다.
- 희곡(연극)·노래 등은 〈 〉, 잡지·신문 등은 《 》, 희곡집·장편 소설 등은 『 』, 단편 소설·기사 등은 「 」로 표기하였습니다.

순간으로 머물며 오래도록 반짝이는, 우리 희곡

희곡 읽는 즐거움을 알게 된 지 스무 해가 되어간다.

막연히 연극을 동경하며 지내다 청춘의 끝자락에 제대로 연극하며 살겠다고 작정했었다. 그때부터였다. 손에 잡히는 대로 희곡들을 읽기 시작했는데, 이 무모한 독서로 한 해가 마무리될 무렵에 비로소 희곡 읽기의 참맛을 알게 되었던 것 같다.

시처럼 압축적이면서도 소설처럼 서사를 지니고 있

는 희곡은 나름의 독서법을 스스로 익혀야 한다. 등장
인물들의 대사로 분절되어 있는 사건들을 머릿속으
로 다시 정리해야 하고, 인물이 처한 상황을 고려해
서 대사에 내포된 진의를 파악해야 한다. 더욱이 공연
을 상상하면서 무대 공간이며 인물들의 움직임까지
고려해야 하니, 사실 희곡을 읽는다는 것은 쉬운 일이
아니다.

　하지만 일단 적응이 된 후에는 다른 문학 장르와는
비교가 되지 않을 정도의 다이내믹한 독서 경험을 누
릴 수 있다. 생략된 부분을 상상으로 채우며 자기만의
내밀한 무대를 그려낼 수 있기에, 희곡 읽기는 공연의
시작점이 된다.

　독자의 상상이 바로 연극 무대 위 현실이 되는 것.
그 즐거움은 생각보다 강렬했고 오래도록 나를 사로
잡았다. 나 혼자 누리기에는 너무 아까운 경험이었다.
하여 많은 이들에게 희곡 읽는 즐거움에 대해 본격적
으로 이야기하는 것을 막연히 꿈꾸고 있었는데, 감사

하게도 이 책을 쓸 수 있는 기회를 만나게 되었다.

여기에 실린 근대 희곡 15편과 현대 희곡 15편, 총 30편의 우리 희곡은 1910년대부터 현재까지 각 시대를 대표할 만한 작품들이다. 미처 언급하지 못한 훌륭한 희곡들이 넘쳐나지만, 한정된 지면에 모두 수록할 수 없음이 아쉽고도 아쉽다.

삶의 진실을 품고 있는 빛나는 대사를 여러 번 읽고 사유하며 글을 쓴다는 것은 생각보다 어렵고 고된 일이었지만, 돌이켜보면 행복한 여정이었다. 가혹한 역병으로 온 세상이 멈추어 버린 현실에서 순간적이고 직접적이며 현재적인 예술인 연극을 어떻게 지켜낼 수 있을지 막막하기만 했는데, 희곡 읽기라는 가장 기본적이고 고요한 예술 행위를 통해 잠시 미루고 있던 연극에 대한 열정을 다시 지필 수 있었다. 납득할 수 없는 현실을 한동안 버티어 낼 수 있는 큰 힘을 얻은 것 같다.

부디 이 책이 다음을 기약할 수 없는 상황으로 상처입고 주저앉은 예술가들에게 위로와 힘이 되기를 소망한다. 그리고 되도록 많은 사람들에게 희곡을 읽어 보고픈 마음의 씨앗을 퍼뜨릴 수 있었으면 좋겠다. 무엇보다 연극을 기꺼이 전 생애로 품고 있는 연극쟁이들에게 처음의 열정을 불러일으켜 줄 수 있다면 더 이상 바랄 것이 없겠다.

한 줄 대사가 순간으로 머물며 오래도록 반짝이는, 연극을 사랑하게 되었던 처음 그때처럼.

정수진

005 작가의 말

012 그리움의 깊이를 잴 수 있다면 〈규한〉

020 몰입과 감동의 조건 〈김영일의 사〉

027 그래도 인생은 살아볼 만한 것 〈난파〉

034 연애를 할 만큼 한가하지는 않지만 〈부음〉

042 인생의 예술은 연애 〈두 애인〉

050 풍자로 꿰뚫은 시대의 모순 〈호신술〉

057 누구도 위로할 수 없는 거친 마음 〈토막〉

064 절망의 끝에서 정의를 외치다 〈박 첨지〉

071 사랑했으므로 불행하였네라 〈사랑에 속고 돈에 울고〉

078 완고한 예절을 이겨낸 사랑의 힘 〈어머니의 힘〉

086 인생은 낮과 밤의 장기판 〈혜언〉

093 디스토피아의 청춘, 유토피아를 노래하다 〈봇돌의 군복〉

100 돈이냐 삶이냐 그것이 문제로다 〈살아있는 이중생 각하〉

107 사랑은 가도 옛날은 남는 것 〈꽃잎을 먹고 사는 기관차〉

113 사랑은 산뜻하게 인생은 명랑하게 〈뚱뚱 자유연애를 구가하다〉

120 삶이라는 공포에 대하여 〈원고지〉

127 혹독한 기다림으로 피어난 희망이어라 〈목이 긴 두 사람의 대화〉

134 꽃다운 새색시 억척 어멈이 되었네 〈달집〉

142 자유는 행동 속에 있는 것 〈노비 문서〉

151 죽음은 견딜 수 없고 치욕은 견딜 수 있으니 〈남한산성〉

158 전통과 조우한 명작의 힘 〈하멸태자〉

165 언제나 우리를 목마르게 하는 사랑아 〈봄이 오면 산에 들에〉

172 어떤 숙명의 물결처럼 〈카덴차〉

179 달도 없는 밤 형광등 불빛만 반짝거리네 〈공장의 불빛〉

186 애끓는 가슴으로 두드려도 꿈쩍 않는 모진 세상 〈장산곶매〉

193 봄은 꿈속같이 멀어라 〈봄날〉

200 어두웠던 믿음의 시절 〈사팔뜨기 선문답〉

207 우리 이제 그만 어른이 되자 〈경숙이, 경숙아버지〉

214 연암에게 길을 묻다 〈열하일기 만보〉

221 꿈은 부서지고 삶은 남루해졌지만 〈목란언니〉

228 인용문 출처

✳

백림이란 데가
얼마나 먼가요?

〈규한〉

그리움의 깊이를 잴 수 있다면

이국의 도시 베를린을 '백림伯林'이라 부르던 때가 있었다. 낯선 외국어를 한자 음으로 바꾸어 부르는 것이 오히려 편하던 옛 시절에도, 먼 곳에 있는 정인情人을 그리워하는 마음은 지금과 같았다.

보고픈 임이 떠난 곳은 기차로 보름을 내달려야만 닿을 수 있는 먼 곳이다. 멀리 있는 이를 그리워해 본 사람은 알 것이다. 그가 머무는 도시 이름만 들어도 그리움이 번지고, 그 이름은 그대로 임의 이름이 된다는 것을.

이李   백림이란 데가 얼마나 먼가요?

최崔   이만한오천리二萬限五千里 된대요.

이李   거기도 동경東京 모양으로 배 타고 가나요?

한국 최초의 근대 희곡 〈규한〉은 "백림이란 데가 얼마나 먼가요?"라는 주인공 이 씨의 대사로부터 시작된다. 이 한 줄에 담긴 그리움의 깊이는 대체 얼마일까.

백림이라는 낯선 도시는 떠난 임의 알 수 없는 마음과도 같다. 그 이물스러움만큼이나 멀기만 한 거리감과 먼 곳으로 훌쩍 떠난 임을 향한 원망, 그러면서도 곧 다시 만나리라는 포기할 수 없는 희망… 그리고 무엇보다 시간이 흐를수록 깊어만 가는 그리움이라는 병.

이렇게 들쭉날쭉한 감정의 실타래를 매일 풀었다가 다시 묶고 묶었다가 풀어버리는 허무한 반복 속에서 신기하게도 시간은 가고, 날은 저물고, 달은 바뀐다. 이렇게 그리워하는 이는 견디어낸 과거를 잠잠히 소

유하게 된다.

〈규한〉에는 그리움을 차곡차곡 가슴에 쌓아놓은 여인들이 등장한다. 타국으로 유학을 떠난 남편을 둔 두 명의 젊은 아낙들이다. 둘 다 백림과 동경을 마음으로 더듬으며, 짧은 편지조차 보내지 않는 야속한 남편을 하염없이 기다리는 중이다.

작품이 발표되었던 1917년은, 저 멀리에서 돌진해오는 기차의 요란한 기적소리처럼 개화의 바람이 조선 전체를 밀어붙이던 때였다. 개화에 발맞추어 넓은 세계에서 신문물을 배우려는 앞서가는 사람들 뒤에는, 그저 예전처럼 매일을 열심히 살면서 갑자기 불어닥친 새바람을 가늠조차 못 하는 남겨진 사람들이 있었다. 가족 내에서도 개화의 속도는 제각기 달랐고, 그 속도의 차이가 부모와 자식, 남편과 아내 사이를 흔들어놓을 정도였다. 떠난 이는 그 차이를 정확히 알았으나 남겨진 이는 마냥 기다릴 뿐이었다.

기다림의 병을 앓고 있는 여인들의 수다는 극이 진행될수록 한恨으로 바뀌어 시댁 모퉁이 방안 가득 켜켜이 쌓여간다. 제목 그대로 '규한閨恨'이다. 총 6쪽밖에 되지 않는 짧은 단막극에서 사건이라 할 수 있는 건 '주인공 이 씨의 남편 영준의 편지가 동경에서부터 날아온다' 정도이다. 기다려도 기다려도 결코 오지 않을 것만 같던 편지가 도착하면서부터 극은 활기를 띤다. 이 씨의 반가움과 설렘, 주변 인물들의 추켜세움 등이 시끌벅적한 분위기를 자아낸다.

　남편의 편지를 뜯지도 않은 채, 조용히 바느질 그릇에 넣는 이 씨. 독자들이 문맹의 젊은 아낙에 대한 연민을 느끼기도 전에, 동무인 최 씨는 재빨리 편지를 잡아채서 대신 읽어준다. 그렇게 결혼생활 5년 만에 처음 받은 남편의 편지는 방안의 모든 사람들에게 공유되어 버린다. 남편의 소중한 편지를 조용히 혼자 읽는 내밀한 기쁨조차 문맹인 이 씨에게는 허락되지 않는다. 그리고 설상가상으로 편지를 읽으면 읽을수록 이 씨의 서글픔은 서러움으로, 서러움에서 분노로, 분

노에서 고통으로 바뀐다.

> **최**崔　(편지를 들고) (…) 우리의 혼인 행위는 당연
> 히 무효하게 될 것이라. 이는 내가 그대를 미워
> 하여 그럼이 아니라 실로 법률이 이러함이니,
> (…) 이로부터 서로 자유의 몸이 되어 그대는
> 그대 갈 데로 갈지어다.

자유의사, 강제 결혼, 혼인 행위 무효 등의 이해할
수 없는 단어들로 가득한 영준의 편지는 이렇듯 야박
하게 끝이 난다. 러브레터를 기대했던 이 씨에게 도착
한 것은 영준의 일방적인 이혼 선언문이었다.

5년이라는 길고 긴 기다림의 끝에서 만난 배신은 이
씨의 운명을 파국으로 이끌지만, 얄궂게도 떠나버린
임의 마음은 돌아오지 않는다. 그렇게 이 씨의 그리움
은 그 깊이를 알 수 없는 절망과 고통으로 마무리되고
말았다.

한번 끊어진 전선이 원상 복귀될 수 없듯, 이미 돌아서버린 마음을 되돌리기란 불가능한 일.

이것이 실연의 고통 뒤에 찾아오는 뼈아픈 생의 깨달음이다. 불행하게도, 〈규한〉의 주인공 이 씨는 고통을 추슬러 다른 인생을 살아볼 여력조차 없다. 하여 그녀의 마지막 통곡이 더욱 구슬프고 처량하기만 하다.

〈**규한**閨恨〉

이광수

춘원 이광수(1892~1950)가 1917년 1월《학지광學之光》제11호
에 발표한 한국 최초의 근대 희곡. 봉건적 결혼제도 및 조혼의
폐해를 비판한 단막극이다. 주인공 이 씨의 남편 김영준의 이
혼 선언 편지가 사건 전개의 핵심 역할을 하며, 그 편지는 일
종의 보이지 않는 주인공 역할을 하고 있다고 볼 수 있다. 그
리고 작품 속 영준의 편지 내용은 봉건적 결혼의 불행을 주장
했던 이광수의 「혼인에 대한 관견」(1917년 4월,《학지광》)과 정
확하게 일치한다.

＊

비희극의 필름이
쉴 새가 있으랴.

〈김영일의 사〉

몰입과 감동의 조건

영화 보는 것을 즐기는 사람이라면 누구나 공감할 것이다. 오롯이 스크린에 펼쳐지는 화면에만 집중할 때, 그 순간 내가 앉아 있는 극장의 작은 좌석은 하나의 내밀한 집이 된다. 비록 칸막이나 벽으로 둘러싸여 있지 않더라도, 영화를 보는 동안은 누구에게도 방해받지 않는 작은 집을 소유하게 되는 것이다. 그 작고 고요한 집에서 스크린 속 세상은 나의 우주로 바뀐다.

사실 영화 주인공들이 겪는 삶의 격랑은 현실에 발

붙이고 살고 있는 우리들에게는 그다지 절절하지 않을 터이다. 우리 대부분은 지나치게 평범한 하루를 버티어 또 다른 평범한 하루를 맞이하는 현대의 소시민들이다. 하지만 영화 볼 때만큼은 주인공과 함께 생을 바칠 정도로 지독한 사랑을 하기도 하고, 인간성을 거스르는 악행을 저지를 때도 있으며, 우주를 날아다니며 지구를 구하기도 한다. 그래서 영화가 끝나고 극장에 불이 켜진 후에도, 방금까지 몰입했던 서사의 여운 속에서 한참을 머물러 있기도 하는 것이다.

관객을 몰입하게 하는 현실보다 더 생생한 이야기. 이것은 공연예술이 성취하고자 하는 중요한 목표이자 지향이다. 이를 실현했을 때, 우리는 비로소 그 작품에 '성공'이라는 수식어를 덧붙여 준다.

1921년 여름 '극예술협회'가 공연했던 〈김영일의 사〉는 '현실보다 더 생생한 이야기'를 무대로 옮긴 성공작이었다. 연극은 신문 배달을 하면서 어렵게 살아가고 있는 동경 유학생 김영일이 지인知人의 지갑을

우연히 줍게 되는 사건에서부터 시작된다. 한 푼이 야속한 김영일은 자존심을 지키기 위해 지갑을 주인에게 돌려주지만 지갑 주인은 푼돈을 주며 영일을 모욕한다. 영일은 이를 거절하지만, 모친의 위독함을 알리는 전보를 받고서 다시 지갑 주인에게 고국으로 돌아갈 여비를 빌려달라고 한다. 지갑 주인이 거절하자, 흥분한 영일의 친구들은 그를 비난하고 급기야 큰 싸움이 난다. 결국 영일 일행은 일본 순사에게 체포된다. 며칠 후 영일은 감옥에서 풀려나오지만, 폐렴으로 숨을 거두고 만다.

주인공 김영일의 계속되는 불행은 다소 과장되게 그려지지만, 당시 나라를 잃고 미래를 보장받지 못한 식민지 청년들의 마음에 제대로 공명했다. 현실 비판적인 장면과 대사마다 관객들의 뜨거운 박수가 이어졌다는 기록을 보면, 당시 극장의 분위기는 감히 짐작할 만하다.

아참 볕에 뛰놀고 지난 해에 울며 감람수하橄欖樹下에 단 꿈이 뒤높은 윤회선풍輪廻旋風에 서러져 굴리는 비희극의 필름이 쉴 새가 있으랴. 사람은 사람과 싸우고 자기는 자기와 싸워, 영은 육에 대하여 전쟁하고 육은 영에 대하여 전쟁하여, 싸우고 싸워 쉬지 않는 전쟁이 그칠 날이 있으랴. 생은 비극, 인세人世는 전쟁장, 사람은 전사, 사람은 아니 싸우지 못할 운명을 가졌나.

"비희극의 필름이 쉴 새가 있으랴"는 극작가 조명희가 창작 의도를 밝힌 '서사序詞'에 등장하는 말이다. 읽으면 읽을수록 제목 〈김영일의 사〉에 딱 들어맞는 설명이다.

큰돈이 들어있는 지갑을 줍는 작은 행운이 자신의 목숨을 앗아가는 큰 불행을 가져오는 계기가 되어, 파국을 맞는 주인공의 운명은 애달프기만 하다. 한 번도 제대로 쉴 수 없었던 가여운 김영일의 초상 위에 당시 식민지 조선의 서러운 현실이 그대로 겹쳐진다.

김영일이 숨을 거둔 뒤에도 막은 바로 내려오지 않는다. 주인공이 사라진 텅 빈 무대 어디선가 종소리가 은은하게 들려온다. 주인공의 죽음을 가슴 아파하는 관객들의 흐느낌을 감싸 안으며, 그렇게 연극은 끝이 난다. 관객의 열렬한 공감에 걸맞은, 가장 연극다운 화답이었다.

〈김영일의 사^死〉

조명희

조명희(1894~1938)의 처녀작 〈김영일의 사〉는 일본 동경 유학
생들의 모임인 '극예술협회劇藝術協會'에서 1921년 7월 모국 방
문 때 공연했던 작품이다. 극예술협회는 1920년 봄 동경에서
조직된 근대극 연구 단체였고, 김우진, 조명희, 유춘섭, 진장
섭, 홍해성, 조춘광, 손봉원, 김영팔, 최승일 등이 그 주요 구
성원이었다. 극예술협회는 1921년 여름 40여 일 동안 전국 각
지를 순회하며 공연을 했는데, 당시 가장 많은 찬사를 받은 작
품이 바로 〈김영일의 사〉이었다. 전체는 3막으로 짜여 있으나
분량으로는 단막극의 범위를 넘지 못하는 소품으로, 1923년
동명의 희곡집으로 간행되었다.

✳

인생이란
군두 뛰는 것.

〈난파〉

그래도 인생은 살아볼 만한 것

우리의 삶을 그래프로 그려볼 수 있을까.

탄생과 성장, 노화와 소멸이라는 거대한 변화 안에서 차곡차곡 쌓여가는 삶의 여정은 구불거리는 선으로 이어질 것이다. 그리고 그 여정에서 만났던 무수한 인연들과 그 인연이 남긴 희로애락의 감정들은 크거나 작은 또는 짙거나 옅은 여러 점들로 표현할 수 있으리라.

아무리 평범한 인생이라 할지라도, 그래프의 선이 한 번쯤 치솟는 순간이 있지 않을까. 힘껏 반동을 주었

을 때 하늘로 출렁이며 날아오르는 그네처럼, 완만하기만 했던 내 삶의 그래프가 힘껏 도약하는 그 순간 우리는 충일한 삶의 에너지를 가득 느끼게 된다. 그리고 그 도약의 환희를 일단 맛보고 난 뒤에는 별 볼 일 없고 지루한 일상의 순간을 제법 견디어낼 수 있게 된다. 두 번째 도약을 위해 조용히 발을 구르면서 말이다.

"인생은 군두 뛰는 것"이라며, 일찌감치 삶의 도약과 환희를 열렬히 꿈꾸던 이가 있었다. 개화기 당대의 트렌드 세터 김우진이었다. 한국 최초의 표현주의 희곡 〈난파〉(1926)에서 방황하는 주인공 시인詩人은 '군두 뛰는 삶'을 갈망하지만, 결국 어미의 품속으로 '행복한 난파'를 결행하는 것으로 생을 마감한다.

> 시인 아, 그게 비비˚ 말씀써오 그려. 그리고 또 인생
> 이란 군두 뛰는 것과도 갓다구?

'군두를 뛰는 삶'이란 대체 어떤 삶을 이야기하는

것일까.

군두는 그네의 옛말이니, 그네 타기를 찬찬히 되새겨볼 필요가 있겠다. 그네 타기를 자주 하던 어린 시절을 떠올려보자. 그네는 발판에 끈을 매어 앞뒤로 흔드는 놀이기구이다. 그네를 타기 위해서는 무릎을 굽혔다 펴는 행동을 반복해야 한다. 그네에 앉아서 무릎의 반동을 주면 어느새 그네는 움직이기 시작한다. 이때 적절한 타이밍을 맞추어 반동을 주어야 한다는 점이 중요하다. 그네의 속력은 가장 낮은 위치에서 가장 빠르며, 반대로 높은 지점에 도달할수록 속력은 느려진다. 일어서서 그네를 탈 때에는 마치 발을 구르듯이 리드미컬하게 무릎을 굽혔다 펴는 담금질을 여러 번 할 때 더 높이 그네를 띄울 수 있다.

'타다' 대신 '뛰다'라는 동사를 이어 붙인 '군두를 뛴다'. 이 말에는 닿을 수 있는 곳까지 최대한 날아오르기 위해 뜀박질을 뛰듯 담금질을 하는 활력이 가득하다. 한계를 박차고 하늘로 출렁이는 그네처럼, 방황과 좌절로 얼룩진 인생에도 비상할 수 있는 순간이 언

젠가는 찾아오리라. 하여 고통스러울지라도 우리들은 계속 발을 구르며 담금질을 해야만 한다. 멈추는 순간 바로 지상으로 떨어지는 비참한 낙하를 목도하게 될 것이므로.

〈난파〉의 결말에서 알 수 있듯이, 김우진은 비참한 낙하 대신 행복한 난파를 선택하였다. 비상의 극점에서 계속 머물러 있을 수 있는 유일한 방법은 그 순간을 박제해 버리는 것이다. 〈난파〉의 시인은 세상을 떠난 어미의 품으로 돌아갔고, 작가 김우진은 과거와 결별하고 온전한 생의 환희 속에 영원히 거하기 위해, 현해탄에 스스로 몸을 던졌다. 생의 궁극적 순간을 영원으로 바꿀 수 있었다고 믿었기에, 그는 아마도 "행복한 난파"라는 대사를 남겼을 것이다.

100년 전 유행 선도자 김우진이 남긴 "인생은 군두 뛰는 것"이라는 삶의 전언은, 지금 우리에게는 낭만주의자의 낡은 선언처럼 희미하기만 하다. 아무리 발을

굴러도 꿈쩍 않는 야속한 그네 타기 같은 삶이 도처에 가득하니 말이다.

　그래도 바라본다. 역병으로 멈춰버린 세상, 발 구를 힘조차 없는 우리에게도 한 번쯤은 굴두 뛰는 삶이 허락되기를. 온몸을 시원하게 훑어주는 바람을 정면으로 마주하며 출렁이는 그네에 몸을 맡기고 높이 더 높이 날아오르는 순간을 만날 수 있기를. 진심으로 꿈꾸어 본다.

● 김우진이 적은 등장인물 설명을 보면, "Vivie in 'Mrs. Warren's Profession' by G. B. Shaw"라는 영어 문장이 나온다. 여기서 비비는 버나드 쇼의 「위렌 부인의 직업」에 나오는 등장인물 '비비'를 일컫는다.

〈난파 難破〉

김우진

한국 근대극 운동의 핵심 인물 김우진(1897~1926)이 창작한
한국 최초의 표현주의 희곡. 김우진은 일본 동경에서 유학하
는 동안 새로운 연극에 대해 왕성한 의욕을 지니고 있었다. 그
의 글 「창작을 권합네다」와 「축지소극장에서 인조인간을 보
고」에는 표현주의 연극에 대한 남다른 관심이 잘 드러난다. 김
우진이 남긴 5편의 희곡 중, 〈난파〉는 작가가 겉표지에 스스로
'Ein Expressionistische Spiel in drei Akten(3막으로 된 표
현주의 희곡)'이라고 밝혔을 만큼 표현주의를 의도하고 쓴 작
품이다.

✳

무엇이 행복스럽다고
연애를 하고 있겠니.

〈부음〉

연애를 할 만큼 한가하지는 않지만

'러라밸'이라는 말을 들어본 적이 있는가.

눈치 빠른 독자라면 비슷한 단어인 '워라밸'을 떠올리며 금방 추리에 성공할 것이다. 'Work and Life Balance'를 의미하는 워라밸처럼, 러라밸은 'Love and Life Balance'의 줄임말이다. 이 말에는 설렘은 느끼고 싶지만 연애로 얽매이는 건 버거워하는 요즘 청춘들의 진심이 가득 담겨 있다.

2000년 이후 출생한 젊은이들이 고등학교를 졸업

하고 대학이나 사회에 첫발을 내딛기 시작하자, 세대별 이름 붙이기에 열을 올려온 미디어들은 다시 이들을 정의하기에 바빴다. 지금 20대 초반을 지칭하는 이름은 '공정 세대'이다. 이들은 불평등한 사회 구조와 같은 큰 이슈보다는 자신과 직접적으로 관련 있는 문제에서 공정성이나 형평성이 지켜지지 않을 때에 크게 반발한다. 그 때문에 사회 개혁보다는 오히려 불평등한 사회를 현실로 인정하면서 자신의 분수에 맞는 소박한 삶을 영위하는 데에 힘을 쏟는다. 사람을 사귀고 만날 때에도 공정 세대의 관심사는 '가성비'이다. 하여 이들은 시간·돈·감정 등을 소비하는 관계를 지양하고 익명의 관계를 선호한다.

새로운 밀레니엄이 시작되면서 요란하게 추켜세우던 '즈믄둥이'들이 공정 세대라는 원치 않은 이름을 가지게 된 데에는, 아이러니하게도 '공정하지 않은' 사회 현실이 큰 몫을 했다. 아무리 노력해 봐도 쉬이 뒤집히지 않는 기울어진 세상에서, 이들에게 허락된 균형 잡힌 삶이란 내 감정을 통제해서 얻을 수 있는 러

라밸 정도였던 것이다.

내 삶의 균형을 위해 연애 따위는 쿨~하게 접어둘
수 있는 2020년 청춘들처럼, 100년 전 조선의 청춘들
역시 연애를 할 만큼 한가하지 않다고 서로를 다그치
고 있었다. 다만 100년이라는 시간의 차이가 만들어
놓은 청춘의 현실이 다를 뿐이었다. 식민지 조선의 청
춘이 연애 포기자가 되었던 이유는 시대의 부름과 요
청 때문이었다.

> **정숙** 넌 너무 농담만 하더라. 우리의 환경이 지금 연
> 애하고 있을 만한 그러한 한가한 사회에서 살
> 수 있니? 조밥 한 그릇도 못들 얻어먹고 늘비
> 하게 나가자빠진 민중들을 눈앞에 두고 우리들
> 은 무엇이 행복스럽다고 연애를 하고 있겠니.
> 들으니 짐작이지 그만큼도 나를 믿어 주지 못
> 하니?

1927년에 발표된 김영팔의 희곡 〈부음〉 속 청춘들은 "연애하고 있을 만한 그러한 한가한" 삶을 허락받지 못했다. 봉건 타파와 계급 투쟁 그리고 자주독립 등의 거대한 사회적 사명들이 매일의 삶보다 비교되지 않을 정도로 중요한 시대였기 때문이다. 사모하는 감정을 품는 것마저도 사치로 여겼던 이들에게 "무엇이 행복스럽다고 연애를 하고 있겠니"라는 자조 섞인 푸념은 어찌 보면 냉철한 현실 인식이었다.

　　〈부음〉의 주인공 경수는 병든 노모를 남겨두고 자신의 이념을 지키기 위해 북으로 떠나겠다는 결정을 내린다. 경수와 뜻을 같이하는 정숙 역시 민중들의 삶을 위한 투쟁이 중요하기에, 연애를 할 만큼 한가하지 않다고 주장한다. 북으로 떠나기 전, 경수는 정숙에게 노모와 어린 여동생을 부탁하는데, 이때 반전이 일어난다. 정숙이 경수에게 사랑을 고백한 것이다. 정숙의 고백에 용기를 얻은 경수 역시 자신의 마음을 확인하고 둘은 결혼을 약속하지만, 달콤한 사랑의 확인은 경수의 여동생이 전하는 노모의 부음으로 금세 끝이 난

다. 사람의 도리와 혁명가의 길 사이에서 번민하는 경수에게 정숙과 여동생은 대의를 따를 것을 독려하고, 결국 경수는 어머니의 원수를 갚기 위해서, 모든 인간과 싸우기 위해서 혁명가의 길을 나선다.

자식의 도리, 남편의 도리 대신에 혁명적 대의를 따르겠다고 결심하는 경수의 모습에서, 지금 우리와는 비교되지 않을 정도로 하나의 가치로 달려가던 100년 전 청춘들의 발걸음 소리가 들리는 듯하다. 그 단호하지만 불안한 질주 뒤에 남겨진 자들의 삶들은 어떠했을까. 공감할 수 없는 혁명의 이념과 피폐한 일상 사이에서 아슬아슬한 줄타기를 했던 어미들과 아내들과 아이들의 삶은, 지금 공정 세대의 바람만큼이나 소박한 것이 아니었을지.

"나는 너를 생각하여 모든 인간과 용기를 다하여 싸우겠다"며 경수는 거창한 출사표를 던지고 떠나지만, 무대 위에는 앞으로 불어닥칠 생의 칼바람을 견디어 내야만 하는 두 여인의 눈물이 가득 고인다. 작가 김

영팔 역시 남겨진 이들을 외면할 수 없었기에, "경수 두어 발자국 걷다가 다시 돌아보며 머리를 숙이고 다시 걷는다"라는 지문으로 〈부음〉을 마무리했으리라.

　용기 내어 고백한 사랑 때문에 청춘이 치러야 할 대가가 이렇게 가혹하다면, 무엇이 행복스럽다고 연애를 하고 결혼을 결심했을지. 100년 전에도 청춘들은 여전히 고통스럽고 고독한 인생의 길목에서 한없이 서성이고 있었던 것이다.

〈부음訃音〉

김영팔

김영팔(1902~6·25 전쟁 중 사망)의 대표작으로, 1927년 1월《문예시대》에 발표되었다. 프롤레타리아 계급을 위해 싸우는 청년 경수와 그를 사모하는 여성 정숙 사이의 사랑과 고뇌, 그리고 치열한 계급적 투쟁 의식을 극화한 수작이다. 1930년 12월, 경성 '이동식소형극장'의 제1회 공연 레퍼토리로 채택되어 공연되었다. 이전의 경향극과는 달리, 멜로드라마의 구조를 바탕으로 프롤레타리아 투쟁을 전개하는 인물들의 갈등을 현실적으로 그려낸 작품이라는 평가를 받고 있다.

한 줄도 좋다, 우리 희곡

정수진

인생의 예술은 연애

세상에서 가장 찾기 어려운 길은 아마도 타인의 마음에 다다르는 길이리라.

알 듯 모를 듯 보이지 않는 그 길을 헤매다 보면, 마음의 발걸음마다 상처가 나고 안타까운 눈물이 고인다. 아득한 진심을 알기까지 얼마나 많은 고민의 밤을 지내야 했는지. 다행히도 상대의 마음도 나를 향해 있다면 서로가 기대어 충일한 사랑을 주고받을 수 있을 테지만, 이 거짓말 같은 해피엔딩은 좀처럼 우리를 찾아오지 않는다. 닿을 수 없는 마음의 길에서 혼자 애

태우다가 상처에 스스로 딱지를 붙이고 괜찮다 괜찮다 되뇌며 발걸음을 되돌리기 마련이다. 그렇게 하나의 사랑을 보내고, 다른 사랑을 기다리면서 우리의 청춘은 저물어간다.

이처럼 당연해 보이는 청춘의 연애담이 천하에 몹쓸 사연으로 손가락질 받던 때가 불과 100년 전의 일이다. 조혼과 정략결혼이 정상으로 여겨지던 시절이었다. 그 시절 남들보다 예민하게 마음의 소리에 집중했던 젊은이들이 있었으니, 바로 근대 지식인들이었다. 이들이 남긴 작품만큼 혁신적이었던 그들의 러브스토리는 지금도 대중의 관심을 끌기에 부족함이 없다. 특히 당대에 보기 드문 자유연애를 구가한 신여성들의 서사는 여러 후일담까지 덧붙여져서 더욱 흥미진진하기만 하다.

1세대 신여성이라 불리는 나혜석, 김원주, 김명순 등은 자유연애 사상을 자신의 문학과 삶으로 실천했던 시대를 앞서간 이들이었다. 그러나 당시 식민지

조선에서 신여성의 연애관은 성적 문란과 도덕적 방탕으로 오해받기 일쑤였다. 더욱이 근대 남성 지식인들조차도 연애의 가치를 폄하하는 지극히 보수적인 태도를 취할 때가 많아서 신여성들과 갈등하기도 했다.

　누구보다 격렬하게 시대와 불화했던 신여성은 단연, 김명순이었다. 그는 문예지 《창조創造》의 동인으로서, 시·소설·수필·희곡 등 전방위적인 문학 활동을 전개한 한국 최초의 여성 문인이다. 그는 두 편의 희곡 〈의붓자식〉과 〈두 애인〉을 발표했는데, 등장하는 여주인공들 모두 작가 김명순의 자전적 삶을 바탕으로 창조된 인물이었다.

　　아내　　(…) 아마 김 선생께서는 내가 일생을 이렇게 눈물 가운데 지나갈 것도 모르실 것이요. (무엇을 한참 생각하다가) 그것이 또 당연할 일이지… 그러니 내―마음이 키―잃은 배 모양으

로 바람결을 따라 청교도인 김춘영 씨에게서 사회주의자인 리관주에게로 옮겨가는 것이 아니요. (책을 내리다 말고 먼 산을 보며) 걷잡을 수 없는 비인 마음!

〈두 애인〉의 주인공, 아내 '기정'은 "걷잡을 수 없는 비인 마음"으로 번민한다. 기정은 금욕주의적 연애를 신봉하는 신여성이다. 그는 자신의 신념에 따라 육체적 관계를 맺지 않는 조건으로 '주인'과 결혼하였지만, 결혼 후에도 청교도주의자인 '김춘영'과 사회주의자 '리관주'와 영적 연애를 즐기고 있다. 기정의 "걷잡을 수 없는 비인 마음"은 그의 위태로운 연애 상황을 암시하는 동시에 파국으로 마무리되는 비극의 결말을 짐작하게 만드는 대사이다.

자신의 육체를 거부하는 아내를 받아들이지 못한 남편은 애인의 집으로 거처를 옮기고, 기정이 사모하는 두 애인은 자신의 부인들에게 기정과의 연애를 한낱 불장난이라 변명한다. 결국 부인들이 기정을 찾아

와 행패를 부리고, 폭행당한 기정은 남편의 품에서 죽어가며 희곡은 끝이 난다.

연애의 주체로 우뚝 서는 삶을 살고자 했으나 가부장적 결혼제도라는 현실의 벽에 가로막혀 결국 죽음에 이르는 주인공의 모습은 작가 김명순의 좌절과 패배로 얼룩진 삶의 여정과 닮아 있다. 김명순은 빛나는 재능으로 기생 출신 후처의 딸, 강간 사건의 피해자라는 사회의 차별적 시선과 용감히 맞섰으나, 근대 남성 지식인들이 주축인 조선 문단의 집단적인 따돌림을 견디지 못하고 고국을 떠나 도쿄에서 고독한 생을 마감하고 만다.

"나는 내 세상살이가 참을 수 없이 추운 것임을 알게 되었다."

그저 자기 마음의 주인이 되고자 했을 뿐인 신여성의 소박한 욕망은 근대의 새로운 가치에서 철저히 배제되어 차가운 현실의 바닥 위로 내동댕이쳐졌다.

"모든 것이 다 열렬하면 열렬할수록" 여인의 운명은 더욱 비극으로 치닫게 되는, 참으로 비정한 세상이었다.

〈두 애인愛人〉

김명순

김명순(1896~1951)의 희곡 작품으로, 출간 연도를 알 수 없는 두 번째 창작집 『애인의 선물』에 실려 있는 두 편의 희곡 중 하나이다. 학계에서는 『애인의 선물』이 대체로 1930년경에 출간되었다고 추정하고 있기 때문에, 〈두 애인〉은 아마도 그보다는 빨리 창작되었던 것 같다. 작가 김명순의 자전적인 서사에 기댄 작품으로, 주인공 기정은 작가 김명순의 금욕주의적 연애 이상을 실천하는 인물로 그려지고 있다.

＊

호신술.
그게 무슨 소용야.

〈호신술〉

풍자로 꿰뚫은 시대의 모순

대학 시절 수강했던 여러 교양 수업 중에서 가장 특이했던 수업은 '호신술의 이론과 실제'였다. 체육대학에서 개설했던 수업이었는데, 매 수업 시간마다 친구와 짝을 이루어서 성추행범과 그를 물리치는 여성 역할을 번갈아가며 연습했었다. 학기 말 실기시험을 대비하기 위해 남동생을 상대로 현란한 호신술을 선보이려다가 마음처럼 잘 되지 않아서 비웃음만 샀던 일도 여전히 생생하다. 하도 오래전 일이라 그때 열심히 배우고 익혔던 여러 호신술을 다 기억하지는 못하지

만, 가장 어려웠던 '풍차 돌리기' 기술은 지금도 비슷하게 흉내 낼 수 있을 것 같다.

그때의 호신술 수업을 되짚어 보면, 호신술을 실행하는 주체들은 치한에게 공격을 당하는 힘없는 여성이었다. 호신술의 사전적 의미가 '타인의 공격을 방어하거나 상대의 폭력을 제어하여 자신의 안전을 지키는 기술'임을 기억해 보면, 호신술의 목표는 '공격'이 아닌, '방어'였음을 분명하게 알 수 있다. 다시 말해, 호신술이 필요한 사람은 무술 유단자가 아닌, 타인의 공격에 쉽게 노출될 수 있는 사회적 약자들인 것이다.

흥미롭게도 근대 희곡 〈호신술〉에서 호신술을 연습하는 주인공 상룡은 사회적 약자가 아닌, 공장 여럿을 운영하는 자본가이다. 그는 노동자들의 파업과 시위에 위협을 느껴서, 체육사를 정식으로 고용해서 호신술을 배우고 있다. 사회 구조적인 불평등에 분노한 노동자들의 파업을 호신술로 방어하겠다는 상룡의 목표는 70세의 늙은 부친까지 비웃을 정도로 어처구니가

없다.

> **상룡**　허 – 아버니는 좀 덜 – 아셨습니다. 싸움판이나
> 전장판으로 나가려고 하는 것이 아니오라 다만
> 제 몸을 보호하기 위한 호신술 연습입니다.
>
> **정수**　뭐? 호신술. 그게 무슨 소용야. 너 같은 사람이
> 체면과 명예두 생각해야지.

상룡의 부친은 "호신술. 그게 무슨 소용야"라며, 상
룡의 생각과 행동을 조롱하며 풍자한다. 이는 작가의
시선을 고스란히 대변하는데, 이어지는 호신술 연습
장면에서 그 풍자 정신은 폭발한다.

> **경원**　(…) 에구 참, 별안간에 손목을 잡는 놈을 어떻
> 게 하드라. (사이) 오라 이것 봐요. (남편의 손
> 목을 붙잡는다) 나를 좀 붙잡어 봐요. (붙잡는
> 다) 옳지 자 – 정신 채려요. (홱 돌려친다) (상
> 룡, 뚱뚱한 몸이 쿵 하고 떨어진다) 오라 이렇

게 하드군. 하하하. 그런데 과히 다치지 않으
셨수?

상룡　(일어나지를 못하며) 에구 엉치야. 에구에구
아니 그렇게 사람을 골리유.

　오랜 세월 노동자들을 착취해온 정수와 상룡 부자
는 상당히 비대한 몸집을 자랑한다. 탐욕을 상징하는
그들의 외모는 호신술 연습 장면에서 더욱 두드러지
게 강조된다. 뚱뚱한 몸뚱이들이 무대 위에 주저앉고
나가떨어지는 장면은 전통적인 슬랩스틱 코미디의 효
과를 자아낸다.

　막이 내릴 때까지, 주인공 상룡은 호신술을 제대로
습득하지 못한다. 결국 그는 자신의 집으로 몰려드는
노동자들의 물결에 지레 겁을 먹고, 경찰에 신고하는
것으로 대응하고 만다. 호신술을 익혀서 노동자 파업
을 막아보겠다던 말도 안 되는 애초의 계획이 상룡 자
신의 비겁함으로 산산이 깨어지는 순간이다. 노동자
들의 시위 소리에 어쩔 줄 모르고 허둥대는 상룡의 어

리석음이 절정에 이르면서 극은 마무리된다.

연극은 끝났지만, 〈호신술〉의 상룡이들은 오늘도 여전히 건재하다. 자신들의 기득권을 지키기 위해서는 수단과 방법을 가리지 않는 그 열정은 100년의 시간에도 꺾이지 않고 있다.

부끄러움을 모르는 우리 시대의 수많은 상룡이들을 떠올리며, 〈호신술〉의 마지막 장면을 다시 읽어본다. 노동자들의 애타는 목소리에도 여전히 자신의 안위만을 걱정하는 상룡의 모습을 바라보며, 쓴웃음을 애써 삼키게 된다.

〈호신술護身術〉

송영

송영(1903~1978)은 프로 연극 운동사에서 1920년대의 김영팔 이후 독보적 위치를 차지하는 작가이다. 그의 대표작〈호신술〉은《시대공론》1호(1931.9)와 2호(1932.1)에 연재 발표되었다. 발표 당시, 극단 이동식소형극장(1932.2)과 극단 메가폰(1932.6.8~9, 조선극장)이 두 차례 공연한 바 있다. 송영의 작품 중에서 가장 소극笑劇에 가까우며, 계급투쟁을 전면에 내세우기보다는 풍자를 통해 자본가의 모순을 우회적으로 비판하였다. 일제의 가혹한 검열에도 살아남을 수 있는 풍자의 극작술을 확보했다는 점에서 성공작으로 평가받는다.

＊

가을 석양의 여윈 광선이
흘러 들어올 뿐.

〈토막〉

누구도 위로할 수 없는 거친 마음

가을 석양에는 아스라이 사라져가는 빛의 울음이 담겨 있다. 도무지 그 이름을 알 수 없는 수다한 색들이 겹치고 번지면서 하늘에 펼쳐 놓은 빛의 자락을 눈으로 따라가다 보면, 닿을 수 없는 그리움에 지친 마음이 조금은 위로받는 느낌이다. 이제는 고전이 되어버린 생텍쥐페리의 『어린 왕자』에도 석양이 품고 있는 이 오묘한 힘에 대한 글귀가 나온다.

"어느 날 난 마흔세 번이나 해 지는 것을 보았어요!"

그리고 조금 후에 넌 이렇게 덧붙였지.

"아저씨도 알 거예요… 누구나 슬픔에 잠기면 석양을 좋아하게 된다는 걸…"

마흔세 번이나 해 지는 것을 바라봤던 어린 왕자의 어떤 날처럼, 쓸쓸한 풍경같이 매일을 살아야 했던 시절이 있었다.

내일을 기약할 수 없는 식민지 조선의 삶이 그러했다. 역사의 암흑기에서 청춘으로 살아간다는 것은 찬란한 여름의 햇살이 아닌 가을 석양의 여윈 광선 같은 희미한 미래를 향해서 맥없이 손을 흔드는 일이었다.

나라 잃은 설움 속에서도 근대의 청춘들은 새 시대의 물결을 익히고 배우기 위해, 지배자의 나라로 나아갔다. 극작가 유치진 역시 그들 중 하나였다. 그는 동경 릿쿄대학에 입학하면서부터 연극이라는 예술의 장場을 발견하였다. 이후 그의 사상은 여러 번 굴절되고 변화했지만, 연극에 대한 예술적 확신만큼은 변함이 없었다.

평생토록 견지되었던 유치진의 연극 인생은 처녀작 〈토막〉으로부터 시작되었다. 이 작품은 《문예월간》이라는 잡지에 1931년 12월부터 1932년 1월까지 발표되었는데, 대중적인 관심을 받게 된 것은 1933년 '극예술연구회'의 공연 덕분이었다.

외양간처럼 음습한 토막土幕의 내부. 온돌방과 그에 접한 부엌. 방과 부엌 사이에는 벽도 없이 통했다. 천장과 벽이 시커멓게 그은 것은 부엌 연기 때문이다. 온돌방의 후면에는 골방으로 통하는 방문이 보인다. 좌편에 한길로 통한 출입구, 우편에는 문 없는 창 하나. 창으로 가을 석양의 여윈 광선이 흘러 들어올 뿐. 대체로 토막 안은 어두컴컴하다.

절망의 습기로 사방이 눅눅한 무대에 대한 세밀한 묘사로부터 연극 〈토막〉은 시작된다. 주인공은 식민지 조선의 가난한 농민인 명서네 가족이다. 일 년 내내 쉬지 않고 일해도 가난을 면치 못하는 명서네에게 하

나 남아 있는 희망은, 일본으로 돈 벌러 떠난 아들 명수가 성공해서 돌아오는 일뿐이다. 그러나 소식 끊긴 아들에 대한 소문은 점점 심상치 않고, 위험천만한 해방운동에 가담했다는 이야기까지 들려온다. 가족들의 막연한 불안은 소포 속 백골로 돌아온 아들 명수의 주검 앞에서 돌이킬 수 없는 비극으로 마무리된다.

명서네의 비극은 "외양간처럼 음습한 토막"이라는 희곡의 첫 대목에서부터 이미 예견되었던 것이었다. 이들 삶의 터전인 '토막'은 벗어날 수 없는 식민지 조선의 현실이며 비극적인 운명의 원인이다. 각자의 토막에서 신음하며 겨우겨우 살아가던 조선의 관객들에게, 명서네의 애끓는 시연은 그저 남 이야기가 아니었다. 하여 빛나는 귀향 소식 대신 피붙이의 주검을 배달 받은 명서네 가족들이 알 수 없는 장광설을 늘어놓아도, "누구도 위로할 수 없는 거치른 마음"들은 가슴 깊이 공감했던 것이었다.

모두가 기막힌 사연 한 자락씩 마음에 묻고 지내던,
"가을 석양의 여윈 광선"같이 불행한 시대였다.

〈**토막**土幕〉

유치진

유치진(1905~1974)은《문예월간》(1931.12~1932.1)에〈토막〉
을 발표하면서 문단에 등장했다. 이 작품은 1933년 2월 9일부
터 10일까지 유치진이 주도했던 '극예술연구회'의 제3회 공연
에서 상연된 바 있다. 토막집에 살고 있는 가난한 두 가족 명
서네와 경선네의 비극을 이중 플롯으로 짜임새 있게 그려낸
1930년대 대표적인 사실주의 희곡이다. 이 작품은 일제 식민
지 시대의 궁핍한 농민들의 삶을 통해 민족의 고통을 주목한
유치진 초기 희곡의 특징을 잘 보여주고 있다.

✳

쓸 만한 전답은 신작로 되고
문전옥토는 정거장 된다.

〈박 첨지〉

절망의 끝에서 정의를 외치다

　"정의란 무엇인가?"라는 묵직한 질문이 나라 전체의 화두처럼 출현하고 유행했던 때가 있었다. 세계적인 정치철학자 마이클 샌델Michael J. Sandel이 쓴 동명同名의 저서가 촉발했던 이 질문은, 심각한 경제적 불평등과 실현되지 않는 윤리적인 공의公義에 지쳐 있던 한국 대중들에게 열광적인 관심을 받았다. 심지어 "무엇이 정의인가?"나 "정의란 무엇인가는 틀렸다" 등의 도발적인 질문을 그대로 제목으로 삼은 책들까지 뒤이어 출판될 정도였으니, 가히 '신드롬'이라 불릴 만

한 사회적 열풍이었다.

일상의 자리에서 아무렇지 않게 정의를 이야기할 수 있다는 것. 어찌 보면 이러한 현상은 우리 사회가 정의에 대한 논쟁 정도는 탄력적으로 받아들일 만큼 성숙했다는 증거일 수도 있겠다. 불과 반세기 전만 하더라도 폭압적인 군사 정권 아래에서 정의를 논한다는 것은 체제 반항적인 행동으로 이해되었으며, 더욱이 나라의 주권을 빼앗긴 일제강점기에는 현실의 부당함을 토로하는 것은 목숨을 내놓을 정도로 위험한 일이었기 때문이다.

1932년 작 〈박 첨지〉는 지극히 평범한 농민 박 첨지가 목숨을 걸고 일제의 수탈에 항거하는 투쟁에 동참하게 되는 과정을 현실감 있게 그리고 있다.

작품의 시대적 배경인 1930년대는 일제의 민족말살정책과 식민지 수탈정책이 강화되던 시기였다. 1931년 만주사변을 일으킨 일제는 세계 정복의 야욕을 조선에서 불태우고 있었다. 근대화의 기치 아래 자행되었

던 농촌 수탈과 노동력 착취 등은 모두 전쟁을 위한 초
석을 마련하기 위함이었다.

　　　촌아낙네들의 노래 (막 뒤에서 들린다)

　　　아리랑 아리랑 아라리요

　　　아리랑 고개로 넘어간다.

　　　쓸 만한 전답은 신작로 되고

　　　문전옥토는 정거장 된다.

　"쓸 만한 전답은 신작로 되고 문전옥토는 정거장 된
다"며 뜻 모를 노래를 부르는 천진한 아이들의 모습은
조선의 산야山野를 마음대로 파헤치던 일제의 무도함
과 대조되면서 더욱 처연한 감정을 불러일으킨다. 그
리고 일제의 부당한 수탈에 어떠한 저항도 할 수 없는
주인공 박 첨지의 딱한 처지는 식민지 조선에 살고 있
던 평범한 인생들의 공통된 비극이었다.

　박 첨지는 남의 땅을 빌어 하루 벌어 하루를 사는 가

난한 농민이다. 그에게는 장성한 아들 돌쇠가 있지만, 돌쇠는 농민 조합에 가담한 일로 경찰서에 잡혀가서 돌아오지 않는다. 총명한 딸 입분이는 빚쟁이의 독촉에 서울 사창가로 팔려 가게 생겼고, 아내 김 씨 또한 빚쟁이들 발길질에 허리를 다쳐 운신이 어려운 상황이다. 몰려오는 빚 독촉에도 땅을 포기하고 딸을 지키겠다던 박 첨지는, 가족을 위해 스스로 서울행을 결정했던 딸 입분이 주검으로 돌아오자 마을 청년들의 집단적 투쟁에 동참하게 된다.

그저 오늘을 무사히 살아내면 그만이었던 농민 박 첨지는 아들의 투쟁과 딸의 죽음을 계기로 현실의 부당함을 비로소 직시한다.

박 첨지 오냐! 그년 잘 죽었다! 경문아, 너는 나하고 동회로 가자!

박 첨지가 스스로 투쟁에 나가겠다고 결정하는 장면으로 연극은 끝이 난다. 물론 일제의 강력하고 교묘

한 탄압에 의해 박 첨지와 농민조합의 투쟁은 금세 기세가 꺾일 테지만, 연극은 패배하는 주인공 이야기를 자세히 그리기보다는 농민에서 투사로 변신하는 박 첨지의 각성을 강조하며 마무리된다.

　연극이 창조한 세상에서 조선의 수많은 박 첨지들은 제 삶의 주인이 되어 정의를 외치는 용감한 투사가 되었다. 세상을 향한 두려움 따위는 던져 놓은 채 달음질쳐 나가는 그들의 모습을 보며, 식민지 조선의 관객들은 심연에서 치밀어 오르는 뜨거운 감정을 남몰래 삼키고 있었을 것이다.

〈박 첨지〉

유진오

유진오(1906~1987)의 희곡으로, 1932년 극단 이동식소형극장과 극단 메가폰에서 상연되었다. 평범하디 평범한 농부 주인공 박 첨지가 일제의 억압과 지주의 수탈, 고리대금업자의 횡포 속에서 모든 것을 잃고 마을 청년들의 집단적 투쟁에 참여하는 투사가 되는 과정을 극화하였다. 농민 조합에 가담한 일로 경찰서에 잡혀가서 돌아오지 않은 아들 돌쇠, 고리대금업자에게 팔려 가는 딸 입분이, 빚쟁이들 발길질에 허리를 다친 부인 김 씨 그리고 빚 독촉에 몰려 어찌할 바를 모르는 농부 박 첨지 등 박 첨지 가족의 불행을 통해 식민지 조선의 비극을 실감나게 그려낸 일종의 사회극이다.

✳

이게 무슨 자율찬
운명의 장난이란 말이냐.

〈사랑에 속고 돈에 울고〉

사랑했으므로 불행하였네라

로미오와 줄리엣, 베르테르와 로테, 히스클리프와 캐서린, 개츠비와 데이지…. 이들은 모두 비극적인 러브스토리의 주인공들이다. 가문의 오래된 원한과 넘을 수 없는 신분의 벽 따위는 아랑곳하지 않고 용감히 사랑했으나, 결국 불행한 결말을 피할 수 없었던 가엾은 운명들이다.

우리 근대 희곡에서도 이루어질 수 없는 사랑 이야기는 단골 레퍼토리였다. 임선규의 유명한 대중극〈사

랑에 속고 돈에 울고〉가 그 대표작이다. 이 작품의 여주인공 역시 자신의 처지에 어울리지 않는 사람을 사랑한 죄로 파국을 맞는다. 〈사랑에 속고 돈에 울고〉는 1936년 7월 동양극장東洋劇場의 전속 극단인 '청춘좌靑春座'가 공연해서 당시로는 기록적인 관객 몰이에 성공했던 인기작이었다.

〈사랑에 속고 돈에 울고〉의 대중적 성공은 동양극장의 탁월한 기획력과 임선규의 작가적 재능 덕분이었다. 동양극장은 당시 주요 관객들이 여성과 기생이었음을 파악하여, 그들의 취향에 맞는 작품을 전속작가들에게 구체적으로 요구했다. 이에 작가 임선규는 당시 관객들의 눈물샘을 자극할 만한 비련의 여주인공을 창조하였는데, 바로 기생 홍도였다. 우리에게 익숙한 유행가 가사인 "홍도야 우지 마라 오빠가 있다"의 그 '홍도'이다.

홍도는 오빠 철수의 학비를 벌기 위해 기생이 되었고, 오빠 친구 광호와 사랑하는 사이이다. 시댁의 반

대로 결혼 승낙을 받지 못하다가 관대한 시부의 결정으로 둘은 마침내 결혼한다. 그러나 광호의 북경 유학을 계기로 또 다른 갈등이 시작된다. 홍도와 광호는 시모와 시누이 그리고 광호의 옛 약혼자 혜숙의 방해로 서로 연락이 끊긴다. 이들의 계략으로 홍도는 부정한 여인이라는 누명을 쓰고 시댁에서 쫓겨나고, 유학을 마치고 돌아온 광호는 홍도를 불신한다. 분노에 휩싸인 홍도는 혜숙을 칼로 살해하고, 그때서야 그녀의 결백이 밝혀지며 광호도 진실을 알게 된다. 얄궂은 운명의 주인공 홍도가 경관이 된 오빠 철수의 포승줄에 묶여 울면서 퇴장하며 막이 내린다.

철수   홍도야. 나는 네가 밤잠을 자지 않고 웃기 싫은 웃음을 웃어가며 더러운 기생이라는 천대를 받아가며 이 오래비를 공부시켜 놓은 것이 결국에는 이 오래비 손에 묶여 갈려고 이 오래비를 공부시켜 놓았던 것이냐? 홍도야.

홍도   오빠 – 어서 가요. 저는 미칠 것만 같아요.

철수　　오냐. (포승을 질른다.)

춘홍　　홍도야 네가 사람을 죽이고 오빠의 오랏줄에
　　　　묶여가다니 이게 무슨 자율찬 운명의 장난이란
　　　　말이냐, 홍도야.

　홍도의 기생 친구 춘홍의 마지막 대사 "자율찬 운명
의 장난"은 홍도의 기막히고 애달픈 삶을 단적으로 표
현해주는 말이다. 시모와 시누이의 차별과 냉대를 꾸
역꾸역 참아내며 남편만을 기다렸던 홍도는 남편을
만나지만 외면당하고, 홍도에게 버림받았다고 믿었던
남편은 홍도가 살인을 저지르고 나서야 홍도의 진실
을 알게 된다. 그리고 경관이 된 오빠 철수는 경관이
되기까지 자신을 뒷바라지해 준 홍도를 포승줄로 묶
어 체포한다. 애써 노력해서 이룬 것들이 오히려 자신
을 포박하는 올가미가 되어 버리는 상황에서 "운명의
장난"이라는 말은 얼마나 적절한 표현인가.

　당시 관객들의 대부분을 차지했던 기생들은 자신들

의 처지를 대변해주는 무대 위 비극에 깊이 몰입하며 눈물을 흘렸다고 한다. 그들의 공감 기저에는, 새 시대가 도래했어도 여전히 차별과 무시를 받는 소외된 계층으로서의 열등감과 서러움이 짙게 깔려 있었을 것이다. 아마도, 남편을 가로채려는 약혼녀를 홍도가 칼로 찌를 때, 객석에서는 후련함의 탄식이 터져 나왔을지도 모르겠다. 차마 꿈도 꾸지 못했던 일들이 무대 위에서 펼쳐지고 있었으니 말이다.

마치 오늘 우리가 막장 드라마의 자극적 스토리에 마음을 빼앗기는 것처럼.

〈사랑에 속고 돈에 울고〉

임선규

극작가 임선규(1912~1970?)의 대표작. 임선규는 대중극을 제
작·공연했던 동양극장의 전속 작가로, 당대 관객들의 감성
에 맞는 세련된 대중극을 창작하여 인기를 얻었다. 그가 남긴
80여 편 중에서 〈사랑에 속고 돈에 울고〉는 가장 유명한 작품
이다. 동양극장 전속 극단인 청춘좌의 초연(1936.7.23~31) 이
래 수차례 개작·공연되었고, 30년대 대중극의 대명사이자 동
양극장 연극의 상징으로 불릴 만큼 대중적으로 큰 인기를 끌
었다. 〈홍도야 우지 마라〉라는 제목으로도 유명한데, 이는 유
랑극단들이 변조해서 사용하던 별칭이었다.

*

부모가 말리면 젊은이의 사랑은
점점 굳어갈 뿐이래요.

〈어머니의 힘〉

완고한 예절을 이겨낸 사랑의 힘

지하철 5호선 서대문역 5번 출구 앞에는 돌로 만들어진 작은 조형물이 하나 세워져 있다. 한국 최초의 연극 진용 극장인 '동양극장'이 있었던 곳임을 알리기 위해 세워진 문화유적 표지석이다.

동양극장은 1935년 평양 출신 재력가인 홍순언과 무용가 배구자 부부가 설립하였다. 대지 488평 건평 373평에 이르는 규모에, 1인용 접이식 의자를 배치한 객석은 648석이나 되었고, 최첨단의 무대 장치를 장착한 회전무대까지 갖춘 당시로는 보기 드문 최신식

극장이었다. 주로 조선의 신파극을 공연하였던 동양극장은 전속 극단으로 신파 중심의 '청춘좌^{青春座}', 사극 중심의 '동극좌^{東劇座}', 희극 중심의 '희극좌^{喜劇座}' 등을 두었고, 전속 작가와 전속 단원을 채용하여 고정 월급제를 도입하는 등 운영 방식 역시 획기적이었다. 공연이 잇달아 성공하면서 전성기를 구가하던 동양극장은 설립자 홍순언의 사망 이후 경영권을 넘겨받은 극작가 최독견의 부도로 인해 몰락하였다. 결국 대한민국 정부 수립 후에 한동안 영화관으로 사용되다가 1976년 폐관되었으며, 이후 현대그룹이 인수해 교육장으로 사용하다가 1990년에 완전히 사라지고 말았다.[*]

동양극장 전성기를 이끌었던 전속 작가 중에 〈어머니의 힘〉을 창작한 이서구가 있었다. 〈어머니의 힘〉은 1930년대 흥행의 규칙을 모두 따른 대중극이었다. 기생 출신 여주인공이 명문가의 자제와 사랑에 빠져 고초를 겪다가 결국 모든 진실이 밝혀지고 해피엔딩으

로 마무리된다는 이야기는 당시 조선 멜로드라마의
전형적인 스토리였다.

춘심   어쨌든, 여기저기서 그놈의 자유연앤가 뭔가
      때문에 야단났어. 흐르는 물을 막으면 넘쳐흐
      르는 듯이 부모가 막구, 말리면 젊은이의 사랑
      은 점점 굳어갈 뿐이래요.

정옥   너는 어디서 신식 문자는 모조리 듣고 왔구나.

춘심   흐흐, 나가 듣긴 누구헌테서 들어요. 모두 그이
      가 하던 소리를 옮겨 놀 뿐이지….

정옥   아주 깨가 쏟아지나 봐.

춘심   그뿐인 줄 알어요. 사랑에 살고 사랑에 죽읍시
      다. 사랑 없는 청춘은 꽃 없는 동산 같소. 가시
      덤불 낭떠러지 진흙 구덩이 속이라도 손목 잡
      고 둘이 가면 행복하오.

   1막 2장에 등장한 여주인공의 친구 춘심의 대사처
럼, 기생 출신 정옥은 명문가 아들 명규와 부모가 말

리는 사랑을 하고 있다. 자유 결혼으로 "사랑에 살"기로 작정한 두 연인은, 폐결핵을 앓던 명규의 죽음으로 다시 "사랑에 죽"는 고통에 빠지게 된다. 홀로 아들 영구를 키우던 정옥은 아들의 미래를 위해, 시아버지 은직에게 영구를 떠나보낸다. 은직은 손자 영구에게 재산을 상속하려 하고, 이에 불만을 가진 조카 홍규는 영구를 해치려 하지만 실패한다. 결국 은직은 어미를 그리워하는 영구의 마음과 아들을 위해 모든 것을 포기한 정옥의 진심을 알게 되고, 전통과 인습을 포기하고 정옥을 자신의 며느리로 받아들인다.

> **명규**   아버지, 가슴이 터집니다.
>
> **은직**   하는 수 없다. 너는 자유를 찾어 사랑 속에 살고 나는 나대로 완고한 예절에 파묻혀 살어야 할까 부다.
>
> **명규**   아버지! (소리쳐 운다)

"자유를 찾어 사랑 속에 살던" 명규는 세상을 떠났

지만, 그 사랑의 결실인 영구의 존재를 통해 은직은 모든 것을 이겨내는 사랑의 힘을 절감하게 된 것이다. 평생 지켜온 가문과 예법을 잊고 "오직 따뜻한 인정에 젖어 살겠다"며 마음을 돌이키는 은직의 변화는 너무도 갑작스럽고 현실감이 떨어지는 설정이지만, 낡은 질서에 갑갑해하던 당대 관객들에게는 판타지 같은 해피엔딩이었다. 새로운 도덕과 자유 의지를 세우려 했던 조선의 청춘들은 〈어머니의 힘〉 결말에 열광적으로 호응했다. 관객의 취향을 저격한 〈어머니의 힘〉은 지방공연 때마다 적자를 면치 못하던 동양극장의 전속 극단 호화선**을 단숨에 일으켜 세울 정도로 '연극의 힘'을 보여주었다.

공전의 히트작 〈어머니의 힘〉의 성공을 계기로, 이서구는 임선규에 버금가는 동양극장의 흥행 작가로 부상하였고, 잇달아 히트작들을 발표하면서 명실상부한 1930년대의 스타 작가로 확실히 자리매김하게 되었다.

〈어머니의 힘〉

이서구

이서구(1899~1981)의 희곡으로, 1937년 11월 29일부터 12월 7일까지 동양극단 전속 극단인 호화선이 공연한 작품이다. 신구新舊 사상의 충돌 속에서 새로운 도덕을 찾는 사람들의 고통과 좌절, 그리고 그것을 모성애로 극복해 나가는 이야기를 그리고 있다. '자유 결혼으로 인한 세대의 대립'과 '유산상속 문제를 둘러싼 혈족의 갈등'은 새로운 세대의 탄생으로 극적 전환을 맞으면서 화해와 결합이라는 해피엔딩으로 마무리된다. 토착화된 신파극의 전형을 제시한 1930년대의 대표적인 흥행 대중극이다.

✳

사랑이란 해변에 댑싸리같이
저절루 자라는 거.

〈혜연〉

인생은 낮과 밤의 장기판

시골집의 마당이나 밭두렁에서 흔히 볼 수 있던 '댑싸리'를 기억하는가. 이 풀은 저절로 씨가 떨어져 지천으로 잘 자라는 키우기 쉬운 식물의 대명사였다.

예로부터 댑싸리의 어린순은 쌀가루에 버무려 떡으로 또는 나물로 무쳐 먹었고, 줄기는 가볍고 빳빳하여 빗자루로 쓰이고, 종자는 말려 빻아 먹어 방광염 치료에 사용될 정도로 버릴 것이 없는 유용한 식물이었다. 요즘에는 단풍보다 더 붉게 물드는 특성 때문에 핑크뮬리와 함께 유원지와 공원에서 관상식물로 새로이

주목받고 있다. 수많은 댑싸리가 군락을 지어 온 들판을 붉게 물들이는 가을 풍경은 울긋불긋한 단풍 못지않은 장관을 연출해낸다.

애쓰지 않아도 절로 자라나는 댑싸리처럼, 사랑의 씨앗은 심연 깊숙이 숨겨놓아도 스스로 싹을 틔우고 금세 무성한 숲을 이룬다. 현실의 벽에 막혀 의지의 도끼로 아무리 찍어내려 할지라도, 그럴수록 마음의 숲은 더욱 울창해질 뿐이다.

진숙   (당황하며) 안 돼요. 우린 형제처럼 사랑해야
만 돼요.

세진   구태여 형제처럼이라구 딱 제한을 질 필욘 없
지 않아요? 사랑이란 해변에 댑싸리같이 저절
루 자라는 거라구 언젠가 죽은 누나가 그런 쩍
이 있었어요. 우리들 사랑이 상말루 연애든 우
애든 난 그걸 따질 필요가 없을 줄 알아요.

함세덕의 〈해연〉은 "댑싸리같이 저절루 자라는" 사랑에 휩쓸려 운명의 민낯을 직면하게 되는 가련한 이들의 이야기이다. 근대 희곡에서 보기 드문 섬세한 인물 심리 묘사와 서정적인 극작술이 돋보이는 희곡이다.

서해안의 외딴섬 등대지기 딸 진숙은 잠시 섬을 찾았던 열일곱 살 미소년 세진을 그리워한다. 어느 날 세진의 아버지는 갑자기 사라진 세진을 찾으러 섬으로 와서 등대지기와 담판을 지으려 하지만, 등대 일을 돕는 윤 첨지의 옹호로 마음이 누그러진다. 세진은 진숙을 찾아와서 사랑을 고백하고, 진숙 역시 세진을 사랑하는 마음을 확인하지만, 그 순간 등대지기에게 들켜버린다. 세진을 찾기 위해 다시 세진 부모는 섬으로 찾아오지만, 세진의 어머니가 한참 전에 갓난 진숙을 두고 떠나버린 등대지기의 아내였음이 밝혀지면서 진숙은 비애와 괴로움에 휩싸인다.

한때 TV 드라마의 단골 설정이었던 '출생의 비밀'이 1940년 작 〈해연〉에 등장한다니, 시대를 앞서간 함세덕의 극작술은 생각할수록 놀랍기만 하다. 물론 진숙과 세진이 이복 남매라는 사실이 극적 사건이 아닌, 진숙의 아버지인 등대지기의 대사를 통해 밝혀지는 것은 지금 읽어보면 어색하고 김빠지는 장면이다. 그러나 세진의 어머니가 등대에서 내려오던 진숙의 아버지를 보며, 창백해지며 경련한다는 섬세한 지문은 영화의 클로즈업 장면처럼 인물들의 심리를 생생하게 묘사해 주고 있다.

등대지기와 딸, 돌층대를 내려온다. 부인, 등대지기를 보자 돌연 얼굴이 창백해지며 경련한다. 등대지기도 자기 착각이나 아닌가 하고 '설마' 소릴 나즉이 중얼거리며 가까이 오다 정면으로 부인 앞에 서자 악연悚然하여 화석이 된 듯 땅만 내려다본다.

댑싸리처럼 울창하게 자라던 진숙과 세진의 사랑

은, 작품 도입부에 적혀 있는 "인생은 낮과 밤의 장기판"이라는 말처럼 근친상간이라는 운명의 덫에 사로잡혀 버린다. 제아무리 강력한 사랑이라 할지라도 인륜과 천륜을 거스를 수는 없는 법. 이미 결론이 빤한 인생의 장기판 위에서, 양가를 설득하며 사랑을 이루고자 했던 진숙과 세진의 노력은 어차피 물거품이 될 운명이었던 것이다.

끝을 알 수 없기에 더욱 애타게 서로를 원했던 푸르른 청춘의 진심은 바다제비의 날갯짓처럼 허공 속에 조용히 흩어질 뿐이었다.

〈해연 海燕〉

함세덕

극작가 함세덕(1915~1950)의 단막 희곡. 1940년《조선일보》
신춘문예에 입선한 작품이다. 서해안의 외딴섬에서 살고 있
는 등대지기 딸과 섬을 찾아온 17세 미소년의 안타까운 사랑
이야기를 다루고 있다. 바닷가 섬마을의 분위기에 빗대어 인
물의 심리를 섬세하고 서정적으로 그려낸 함세덕의 극작술이
돋보인다. 도입부에 제시된 홀 케인의 "인생은 낮과 밤의 장
기판"이라는 구절은 자신의 의지와 상관없이 우연과 운명에
떠밀려 흘러가는 작중 인물들의 삶을 함축적으로 암시해 주고
있다.

정말 살기 좋은
새 조선이 온다우!

〈봇똘의 군복〉

디스토피아의 청춘, 유토피아를 노래하다

언제부터였는지 모르겠지만, 청년 세대를 지칭할 때마다 유독 포기와 절망 그리고 무력감 등의 부정적 의미를 담은 말들이 덧붙여 쓰이기 시작했다.

연애·결혼·출산을 포기했다는 '3포 세대'라는 말이 한동안 유행하더니, 어느새 '5포(3포에 취업·주택 구입까지 포기함)'를 넘어 '7포(5포에 인간관계 및 희망까지 포기함)'까지 등장했으니 포기의 정도는 나날이 심화되고 있는 지경이다. 여기에 지옥을 의미하는 '헬Hell'과 우리나라의 옛 이름 '조선'을 합성하여 만

들어낸 '헬조선'이란 말까지 등장한 것을 보면, 대한민국의 청년들은 진정 절망의 한가운데에 놓여 있는 것 같다.

막장 같은 현실을 조롱하며 스스로를 비웃는 행위는 어찌 보면 청년만이 할 수 있는 현실 비판의 한 단면이기도 하다. 아직 판단력이 부족하여 세계를 파악하기에 미진한 청소년들과 이미 세상을 주도하며 자기 몫의 일을 감당하는 기성세대와는 달리, 청년들은 미래를 예측하며 지치지 않고 도전해야 하는 삶의 도정 위에 놓여있다. 인생 제2라운드를 성공적으로 견인하기 위해 삶의 중요한 것들을 결정해야 하기에 더욱 불안하고 위태로운 세대이다. 하여 이들에게 현실이란 디스토피아의 그늘을 늘 드리우고 있고, 미래는 유토피아의 환상으로 덧입혀지기 쉽다.

1946년 작 〈봇똘의 군복〉의 무지렁이 농촌 청년들에게도 현실은 감당할 수 없을 만큼 가혹하기만 하다. 작가 김사량은 일제강점기에 등단하여 1940년대에

일본 문단에서 활약하다가 태평양 전쟁을 전후로 여러 고초를 겪었다. 이 작품은 그가 중국에서 무장 독립 투쟁에 참여하다 해방 이후 조국에 돌아와서 발표한 작품이다. 시대적 배경을 창작 시기에 맞추지 않고, 일제 통치가 가장 포악했던 1944년 4월로 설정하여 식민지 시대의 참혹함을 강조하였다.

"사내란 사내는 병정 아니면 징용으루 죄다 잡아" 가 버린 마을에 남아 있는 사람들은 정신이 온전치 않은 봇똘이와 힘없는 처녀 그리고 노인들뿐이다. 일본 군대에 끌려간 봇똘이의 큰형 칠성이 탈영하여 마을로 잠시 돌아오게 되면서, 등장인물들은 위기에 처한다.

조국을 위해 싸우겠다며 떠날 채비를 하는 칠성에게 봇똘이는 자기 옷을 벗어주고, 칠성의 군복을 대신 입는다. 사라진 칠성을 찾기 위해 일본 순사는 마을 사람들을 괴롭히고, 이를 지켜보던 봇똘이는 일본 순사를 죽이고 헌병의 칼에 쓰러진다. 이때 주재소가 불

타면서 막이 내린다.

서분네 (일어서며) 나두 나갈게, 응! 나두 들구 나가! 내 곡괭이라두 메구 나갈게! (우물을 사이에 두고 둘이 응시) 언젠가 아버지두 그러시든데 칠십여 년을 살어봐야 그래두 갑오 전 세상이 그립다구…. 쓰나 다나 제 나라 깃빨을 달구 살든 시절이 그립다구 하시면서….

이뿐이 언니, 이번은 옛적과 달러. 정말 살기 좋은 새 조선이 온다우! 배근이 그이가 그러는데 권세 부리는 양반두 없구 깔려만 사는 상놈두 없구 죽두 못 끓여 허득이는 가난뱅이두 없구 질탕스레 난장을 피는 부자두 없는 그런 조선을 맨든다누….

작품의 주인공은 조국을 위해 투쟁하겠다며 홀연히 외치고 떠난 칠성이 아니라, 남보다 못나서 마을에 남겨진 네 명의 청춘들(봇돌이, 서분네, 봉의, 이뿐이)

이다. 이들에게 조선의 독립이라는 거창한 대의大義는 그다지 중요하지 않다. 이들은 지옥 같은 현재의 삶과는 다른, "정말 살기 좋은 새 조선"을 막연히 꿈꾸었을 뿐이다. 그리고 그 꿈을 실현하겠다며 새 길을 찾아 떠나버린 칠성을 보호하기 위해, 온몸으로 세상과 부딪히며 싸운다.

지금 우리에게는 여전히 부족하고 모자란 나라이지만, 식민지 조선의 청년들에게는 미련한 목숨과 맞바꿀 수 있을 만큼 그토록 바랐던 '새 조선'이었다.

〈봇똘의 군복〉

김사량

김사량(1914~1950)의 희곡.《적성^{赤星}》창간호(1946년 3월)에 처음 게재되었으며, 일본어로 번역되어 일본어 잡지《민주조선民主朝鮮》(1947년 1월)에도 수록되었다. 1946년 8월 15일 극단 낙랑극회가 이서향의 연출로 처음 공연하였다. 이듬해 1월 평양 악극단 창립공연작으로도 공연된 바 있다. 일본군에서 탈출한 마을 청년 칠성이를 돕기 위해 동생 봇똘이와 마을 처녀들이 힘을 합쳐 일제에 대항하는 이야기를 그린 단막극이다. 징용과 징병, 사상범 검속과 정신대 모집 등 일제강점기 말의 황폐한 시대상을 현실감 있게 극화한 작품이다.

＊

살아있는, 아니 죽어있는!
아아, 아니 살아있는 이중생….

〈살아있는 이중생 각하〉

돈이냐 삶이냐 그것이 문제로다

'조물주 위에 건물주'라는 말을 처음 들었을 때, 나는 우리 사회를 잠식해 버린 물신주의의 기세가 생각보다 대단하다는 사실에 굉장한 당혹감을 느꼈다. 노동의 가치를 비웃으며 불로소득을 부끄러워하지 않는 그 뻔뻔스러운 단어에 오히려 내 삶의 근간이 되었던 가치들을 되짚어볼 정도였다. 그러나 요즘 청소년들이 바라는 장래 희망 순위에 건물주가 버젓이 상위에 올라있는 걸 보면, 신조어 하나에 가치의 잣대를 들이대며 세태를 문제 삼는 것이 도리어 우스꽝스러워 보

일 것 같기도 하다. 현대 사회를 지배하는 자가 보이지 않는 조물주가 아닌 비싼 땅과 건물을 소유한 건물주로 바뀐 지 이미 오래인데, 시류時流를 따라가지 못하는 나 같은 미련퉁이들만이 건물주의 위대함에 감히 딴죽을 걸고 있는 것일지도 모르겠다.

힘들게 노동하지 않아도 그냥 돈을 벌 수 있는 불로소득의 꿈은 사실 현대인들만의 바람은 아니었다. 예부터 조상이 물려준 재산을 자기 능력인 양 착각하면서 세상에 군림했던 이들은 어디에나 있었다.

극작가 오영진의 위트 넘치는 희극 〈살아있는 이중생 각하〉의 주인공 이중생이 그 대표적인 인물이었다. 친일을 하며 재산을 불리던 이중생은 해방 직후의 혼란을 이용하여 더 큰 부를 축적하려는 계획을 세운다. 그러나 미국인 란돌프에게 사기를 당하여 도리어 사기 혐의로 감옥에 간힌다. 잠시 보석으로 풀려난 이중생은 재산을 빼돌리기 위해 전 재산을 사위 송달지에게 상속한다는 서류를 만들고 가짜 자살을 꾸민다. 이

중생의 장례식장을 찾은 국회 특별 조사 위원은 송달지에게 전 재산을 무료병원 설립에 기부하라는 권고를 남기고 떠나고, 계략이 실패한 것을 알게 된 이중생은 진짜로 자살한다.

부의 축적을 향한 이중생의 욕망은 극 초반부터 매우 일관적으로 전개된다. 외아들 하식을 손수 징용을 보낼 정도로 친일 행각을 적극적으로 펼쳤으며, 해방 이후에는 국유림을 사유화하기 위해 유령회사를 차리고, 달러를 비축하기 위해 미국인 란돌프에게 둘째 딸 하연을 기꺼이 바친다. 돈을 위해서라면 도덕이나 윤리 나아가 천륜까지도 아낌없이 버릴 수 있는 이중생의 비열함은, 재산을 지키기 위해 가짜 자살을 감행하는 장면에서 절정에 이른다.

> **이중생**　(…) 자넨 살아있는, 아니 죽어있는! 아아, 아니 살아있는 이중생…. 죽어있는 이중생의 재산관리인 이외의 아무것도 아닌 걸 왜 몰라, 응. 이 천치! 어서 없어져! (달지 묵묵히 일어난다)

비록 가짜이긴 하지만 자신의 생명을 담보 삼아 자행된 이중생의 재산 수호 전략은, 처음이자 마지막으로 가치 있는 삶을 택하겠다는 사위 송달지의 결단으로 물거품이 되어버린다. 삶보다 소중했던 전 재산을 어이없이 날려 버린 이중생은 이제 산 것도 죽은 것도 아닌 난처한 상황에 놓인다. 그리고 조국이 독립이 되어 새 시대가 시작되었음에도, 여전히 허술한 잔꾀로 세상을 맘대로 속일 수 있다고 믿었던 이중생의 시대착오적인 행동은 모두의 비웃음을 사게 된다.

그의 아이러니한 운명은 '이중생李重生'이란 이름에서부터 감지된다. 그의 이름 '이중생'은 동음이의어인 '이중생二重生'을 연상시킨다. 재산을 위해서 살아있는 이중생과 죽어있는 이중생의 운명을 동시에 살기로 작정한 그의 어처구니없는 계략이 이름에서부터 희화화되고 있는 것이다.

이중생의 계획이 성공했더라면 그는 죽었다가 다시 살아났을 테지만, 재산을 다 잃게 된 이중생은 살아

있으나 더 이상 살 수 없는 상태이다. 전쟁터에서 하나밖에 없는 아들이 기적처럼 살아 돌아와도 기뻐할 여력이 없고, 나라의 독립으로 새 시대가 시작된 것 또한 마뜩하지 않다. 그저 "돈두 없구 아무것두 없으니 벌거숭이"가 되어버린 자신의 신세가 기막힐 뿐이다. 하여 살아 있으나 죽었고, 죽었지만 살아 있던 이중생은 결국 진짜 죽음을 택하고 만다.

인간의 도리를 지키는 가치 있는 삶 따위는 애초부터 거추장스러운 것이었다. 집을 팔기보다는 사표를 쓰는 편을 택하는 오늘의 고위공직자들처럼, 이중생에게 삶보다 죽음보다 소중한 것은 오직 돈, 돈, 돈이었다.

〈살아있는 이중생 각하〉

오영진

오영진(1916~1974)이 1949년에 발표한 3막 4장의 희곡. 천박한 자본가 이중생이 해방 직후 겪게 되는 몰락을 통해 당시 시대상을 날카롭게 풍자한 희극이다. 1949년 이진순 연출로 중앙극장에서 초연되었고, 1957년 〈인생차압〉으로 제목을 바꾸어 극단 신협新協이 공연하여 호평을 받았다. 이듬해에 유현목 감독이 영화화할 정도로 대중성을 인정받은 작품이다. 일반적으로 희극의 결말은 등장인물들의 대화합으로 마무리되지만, 이 작품은 주인공 이중생의 자살로 마무리된다.

✳

추억은 젊고 인생은 늙어가고
아아아!

〈꽃잎을 먹고 사는 기관차〉

사랑은 가도 옛날은 남는 것

"지금 그 사람 이름은 잊었지만…"으로 시작되는
유명한 가요가 있다. 1970년대 청아한 목소리로 유명
했던 가수 박인희의 〈세월이 가면〉(1976)이다.

박인환의 시詩를 그대로 노랫말로 삼아서 곡을 붙인
이 노래는 원래 1956년 초봄에 만들어졌다. 당시 문인
들의 아지트였던 서울 명동의 한 술집에서 시인 박인
환과 극작가 이진섭 그리고 가수 나애심 등이 함께 술
을 마시다가, 박인환이 즉석에서 쓴 시에 이진섭이 바
로 곡을 붙여 탄생한 노래였다. 6·25 전쟁의 상흔이

여전히 남아 있던 시절, 젊은 예술가들이 즉흥적으로 만들어낸 명곡이었다.

박인희의 〈세월이 가면〉은 박인환의 시구를 거의 따랐지만, 단 두 군데 가사만 원곡과 달리했다. "사랑은 가도 과거는 남는 것"에서 '과거' 대신 '옛날'을 넣었고, 마지막 행 "내 서늘한 가슴에 있건만"의 어미를 '있네'로 살짝 바꾸었다. 나는 원래의 시구보다 "사랑은 가도 옛날은 남는 것"이라는 가사가 훨씬 정겹다고 생각한다. 전쟁의 혼란 속에서 원하는 대로 되지 않았던 애달픈 인연들에 대한 회한을 담기에는 '과거'보다 '옛날'이라는 단어가 더 적절한 것 같다.

같은 해에 발표된 문학작품 중에서, 〈세월이 가면〉처럼 떠나간 사랑에 아파하며 추억을 품고 사는 가련한 인생들을 극화한 비슷한 내용의 희곡이 한 편 있다. 임희재의 〈꽃잎을 먹고 사는 기관차〉이다.

연극의 배경은 전쟁으로 황폐해진 서울역 근처 무허가 판자촌의 한 하숙집이다. 극 중 인물들은 저마다

소중한 것을 잃어버린 사람들이다. 다들 갖가지의 이유로 고향을 떠나, 윤시중의 하숙집에 모여 살고 있다. 성불구인 윤시중과 욕구불만인 후처 김영애는 하나 남은 유산인 금부처를 팔지 말지 고민한다. 그러던 중 영애의 사연 있는 이복동생 김영자가 찾아오고, 둘은 성적 매력을 풍기는 철도 기사 한창선을 두고 갈등한다. 여기에 영자의 전남편 상이군인 박형래의 집착과 한때는 잘나갔지만 지금 실직상태인 이 선생과 송 선생의 욕망까지 겹쳐지면서 극적 갈등은 심화된다. 결국 윤시중은 사기를 당하여 파산하고, 박형래는 자신을 모른 척하는 영자에게 절망하고 자살하며, 영자는 자신의 과거를 의심하는 사람들을 피해 사라진다. 뒤늦게 영자에 대한 사랑을 확인한 창선까지 하숙집을 떠나자, 무대 위에는 영애만이 남아 흐느껴 운다. 이때 기적소리가 울리면서 막이 내린다.

한창선　(독백처럼) 추억은 젊고 인생은 늙어가고 아아아! (영자에게) 대전 손님 안 그렇소? 핫하….

"추억은 젊고 인생은 늙어가고"라는 대사에는 전쟁이 남겨놓은 상실과 돌이킬 수 없는 삶에 대한 회한이 짙게 묻어있다. 폐허의 땅에서, 찬란하던 청춘의 꿈은 노쇠한 이의 텅 빈 눈으로 사라져 버린 것이다. 모두 어딘가 하나는 부서지고 허물어지는 그런 절망. 전쟁은 그런 것이었다.

어떤 이는 뜻하지 않은 사고에 휘말려 사랑하는 사람을 잃었고, 다른 누군가는 떠밀려 참전하여 두 눈을 잃었다. 그리고 남겨진 이들은 안온했던 삶의 터전을 잃고 방황해야 했다. 불행 속에 내던져진 이들이 선택한 삶이란, 행복했던 시절의 추억을 더듬으면서 매일을 그저 늙어가는 것이었다. 어차피 기다리는 미래는 결코 오지 않을 것이므로.

기적소리만 울려대며 결코 출발하지 않는 기관차 같은 전후戰後 시대를 버텨냈던 그들만의 생존법이었다.

〈꽃잎을 먹고 사는 기관차〉

임희재

임희재(1919~1971)의 유일한 장막극. 임희재는 1954년에 〈기
류지橋留地〉라는 단막극으로 문단에 데뷔한 뒤에 몇 편의 단막
극을 발표하다가, 1956년 장막극 〈꽃잎을 먹고 사는 기관차〉
를 창작하였다. 1956년 2월 23일부터 29일까지 극단 신협이
공연하여 호평을 받았다. 전쟁으로 소중한 것을 잃어버린 사
람들의 이야기를 상징적인 이미지들을 병치하여 독특한 방식
으로 극화하여, 미국 극작가 테네시 윌리엄스Tennessee Williams
의 영향을 받았다는 평가를 받는다.

✱

가급적 너의 인생을
엔죠이하라.

〈딸들 자유연애를 구가하다〉

사랑은 산뜻하게 인생은 명랑하게

명랑^{明朗}. '흐린 데 없이 밝고 환함'이란 뜻을 지닌 명사이다. '밝을 명^明'과 '밝을 랑^朗'이 하나의 단어를 이루었으니 그 밝음이 예사롭지 않다. 찬란한 빛을 품은 '명랑'에는 '유쾌하고 활발한'이라는 또 다른 의미도 있는데, '쾌활'과 함께 쓰일 때 명랑의 활력은 한층 더해진다.

이 빛나고 활기찬 단어에 가장 어울리는 인생은 아마도 가장 찬란한 시기인 청춘일 것이다. 명랑한 청춘들의 명랑한 젊은 날. 써 놓기만 했을 뿐인데도, 지면

가득 싱그러운 푸른 기운이 넘쳐난다.

　세상살이 제아무리 고될지라도, 청춘은 명랑하고 쾌활한 것이었다. 일제강점기에도, 한국전쟁이 끝난 뒤에도 젊은이들은 인생의 한창때를 후회 없이 보내기 위해 열심을 냈다. 명가수 이난영이 부른 〈명랑한 젊은 날〉은 일제의 민족말살통치기였던 1936년에 발매된 대중가요이지만, 가사는 한없이 낙관적이다.

> 제아무리 세상살이 고되다곤 해도, 오케이
>
> 당신과 둘이라면 탄평坦平이라나, 오케이
>
> 웃어라 웃어 우리는 청춘
>
> 빛나라 빛나라 우리는 청춘
>
> 명랑하다 젊은 날, 오케이
>
> 　　　　－ 가요 〈명랑한 젊은 날〉(1936) 중에서●

　나아질 것 없는 현실에서도 '오케이'하며 웃어넘길 수 있는 청춘의 명랑함은 6·25 전쟁으로 황폐해진 전

후 세대 젊은이들에게도 여전히 남아있었다.

1957년 발표되어 그해에 국립 극단이 공연했던 희곡 〈딸들 자유연애를 구가하다〉의 젊은이들 역시 인생의 한 번뿐인 청춘을 한껏 누리고 있었다. 이 작품은 동경 유학 중에 연애 결혼한 고 박사네 가족들의 이야기를 그린 일종의 홈드라마이다. 총 7장으로 구성되어 있으며, 모든 극적 사건은 고 박사네 집에서 일어난다.

고 박사 부부는 연애결혼을 했음에도 불구하고, 자식들의 연애결혼에는 회의적이다. 큰딸 숙희는 결혼 실패 후 친정에 와 있고, 둘째 딸 문희는 가정교사 준철과 몰래 연애하다 들켰으며, 막내딸 명희는 개방적인 연애관을 숨기지 않는다. 그 때문에 고 박사 부부는 딸들과 갈등하지만, 큰 위기 없이 작품은 해피엔딩으로 마무리된다. 첫날밤 헤어졌던 첫째 사위가 큰딸을 만나기 위해 집으로 찾아오고, 집안 반대로 불가능했던 둘째 딸의 결혼은 조부 고 노인의 유산 상속 문제

를 계기로 부모의 허락을 얻게 되고, 막내딸은 거침없이 진심을 고백하여 사랑을 쟁취한다.

> **명희**　　자 오늘을 아주 유쾌히 보냅시다.
>
> **완섭**　　네, 제 생활 못토는 '가급적 너의 인생을 엔죠이 하라'니까요.
>
> **명희**　　참 좋은 못토예요… 호호….

"가급적 너의 인생을 엔죠이하라"라는 대사처럼, 이들은 지나치게 충동적이고 개방적으로 삶을 즐기는 데에만 몰입하는 것처럼 보이지만, 극이 진행될수록 진실한 사랑을 얻기 위해 책임감 있는 선택과 결정으로 부모와의 갈등을 해결해나가는 의외의 모습을 보여준다. 인생을 엔죠이하기 위해 책임을 다하는 청춘들의 모습은, 전쟁의 우울로 그늘져 있던 한국 사회에 신선한 에너지를 불러일으켜 주었다. 당시 유행하던 저속하고 반윤리적인 최루성 스토리에 지쳐 있던 관객들은 산뜻하고 명랑한 홈드라마 〈딸들 자유연애를

구가하다〉에 즐겁게 환호했다.

어둡고 희미한 전후의 폐허에서도 청춘들은 그렇게 삶을 긍정하며 반짝이고 있었다.

● 작사 박영호 / 작곡 김해송(김송규) / 노래 이난영 · 김해송.

〈**딸들 자유연애**自由戀愛**를 구가**謳歌**하다**〉

하유상

하유상(1928~2017)의 1950년대 대중적인 희극. 1957년 국립 극장 제1회 현상 희곡 모집에서 이용찬의 작품과 함께 가작으로 당선되어 그해 11월 국립 극단에 의해 공연되었다. 혼인 문제를 둘러싼 부모와 자식 간의 세대 차이, 남녀 간의 애정 윤리, 젊은이들의 감각과 의식 변화 등을 생동감 넘치는 대사를 통해 발랄하게 극화한 작품이다. 당대 관객과 평단의 호응에 힘입어, 1958년 영화 〈자유 결혼〉으로 각색되기도 했다.

*

사고할 필요가 없어요.
이미 사고가 난걸요.

〈원고지〉

삶이라는 공포에 대하여

매일 아침 정해진 시간마다 어김없이 울리는 핸드폰 알람 소리. 하루는 늘 그렇게 시작된다. 샤워를 하고 아침을 먹고 출근 시간에 늦지 않게 준비를 마칠 때면 또 다른 알람이 울린다. 그 소리에 쫓겨 서둘러 집을 나서고 핸드폰 지하철 앱을 검색하며 플랫폼에 들어서는 전철에 올라타면, 일단 성공이다! 천재지변 같은 말도 안 되는 상황만 벌어지지 않는다면 지각 출근은 면할 수 있다. 때마침 회사 엘리베이터까지 내려와 준다면, 출근 전 커피 한 모금의 여유도 누릴 수 있다.

세세한 상황은 다를지라도, 우리 대부분은 별다를 것 없는 평범한 하루를 매일 살고 있다. 이 지루하고 반복되는 일상을 견딜 수 있는 건, 때때로 찾아오는 특별한 순간들이다. 반가운 친구의 예기치 않은 전화 한 통, 한 달 만에 만나는 정기적인 동창 모임, 퇴근하면 볼 수 있는 영화 한 편, 그리고 지친 하루를 다독여주는 가족들과의 저녁 식탁. 이런 선물 같은 휴식의 순간들이 없다면, 우리 삶이란 달라질 것 없는 매일을 그저 꾸역꾸역 살아내야 하는 절망과 공포, 그뿐일 것이다.

극작가 이근삼의 주목할 만한 데뷔작 〈원고지〉는 반복되는 현대인의 일상이 던져주는 공포에 대해 이야기한다. 작품은 과장된 등장인물 묘사와 위악적인 상황을 무대화하여, 관객들로 하여금 극적 사건을 비판적으로 거리를 두고 바라보게 만든다.

주인공 교수는 한국 사회 표준 가정의 가장으로 번듯한 직업까지 갖춘 중년 남성이다. 그러나 극이 진행

될수록 겉으로 멀쩡해 보이던 그의 삶은 강박에 가까운 반복적인 일상의 민낯을 보여준다. 교수라는 안정된 직업에도 불구하고, 그는 쉬지 않고 번역 아르바이트를 하며 무위도식하는 성인 자녀를 먹어 살린다.

장남 전 이 집 장남입니다. 이쪽 높은 방은 저하고 누이동생이 생활하는 곳입니다. 아버지를 소개하기 전에 행복한 가정을 이룰 수 있는 비결을 말씀드리겠어요. 아주 간단합니다. 부모는 자식들에게 맡은 바 책임을 다하면 됩니다. (…)

졸음이 오는 지루한 음악과 더불어 철문 도어가 무겁게 열리며 교수 등장. (…) 손에는 큼직한 낡은 가방을 들고 있다. 허리에 쇠사슬을 두르고 있는데 허리를 돌고 남은 줄이 마루에 줄줄 끌려 다닌다. 쇠사슬이 도어 밖까지 나가 있어 끝이 없다. (…)

아들의 대사처럼, 아버지는 존경받는 대상이 아니

라 "자식들에게 맡은 바 책임을" 다하기 위해 돈을 벌어다 주는 기계일 뿐이다. 가정에서도 교수는 쉴 새 없이 노동을 착취당하고, 가족들의 몰이해에 철저히 소외된다. 교수에게 가족은 그의 몸을 조여오는 쇠사슬과 같은 존재인 것이다.

희곡 〈원고지〉가 발표되었던 1960년은 한국 사회에 새로운 변혁의 물결이 일어나던 시기였다. 전쟁의 상흔은 여전했지만, 해방된 조국을 제대로 일으켜내겠다는 국민적 다짐은 4·19 혁명으로 구체화되었다. 정치적 성숙과 더불어 경제적 성장이 시작되었다. 경제 성장 이면의 여러 사회적 문제가 대두되기 시작한 것도 이때부터였다. 한국 사회의 변화는 매우 급격히 이루어졌고, 사람들의 의식과 생활 전반을 모두 바꿔놓았다. 대가족이 아닌 핵가족으로의 변화는 공동체 의식을 약화시켰다. 그리고 경제적 가치가 정신적 가치보다 우선시되기 시작했다.

교수 　내 꿈을 도로 찾아 주십시오. 생각할 힘을 주시오. 요즈음은 통 사고를 할 수가 없습니다.

천사 　사고할 필요가 없어요. 이미 사고가 난걸요.

물질만능주의가 한국 사회를 지배한 지 오래이다. 이제 사람들은 누가 얼마를 벌고, 얼마나 큰 집에 살며, 어떤 직업으로 출세했는지에만 관심을 쏟는다. 어떻게 살아야 옳은 삶인지에 대한 고민은 낡은 서적에서나 볼 수 있는 시대착오적인 푸념처럼 여겨지고 있다.

세상은 빠르게 발전하고 날이 갈수록 변화는 가속화된다. 아무리 애를 써도 속도를 맞춰 걷기 힘든 레일 같은 삶이다. 그저 그렇게 앞만 보고 달린다고 해서, 맨 앞자리를 차지할 수 있는 것도 아니다.

이 숨 막히는 압박 속에서 〈원고지〉의 교수처럼 "사고思考할 필요가 없"는 삶 속에 매몰된다면, 우리 인생은 커다란 '사고事故'가 나고 말 것이다. 그런 삶은 상상만으로도 공포 그 자체이다.

〈원고지〉

이근삼

이근삼(1929~2003)이 1960년 1월 《사상계》에 발표한 희곡으로, 그의 데뷔작이다. 반복되는 일상 속에서 진정한 삶의 의미를 망각한 채 살아가는 현대인의 삶을 풍자한 단막극이다. 등장인물들은 물질적인 욕망에 대해 기계적으로 반응할 뿐이며, 인물 사이에 진정한 의사소통이나 서로를 향한 연대 의식 등은 존재하지 않는다. 과장된 인물과 반사실주의적인 극적 기법을 통해, 현대인의 부조리한 현실을 형상화한 실험극이다.

✳

언제고 온다.

〈목이 긴 두 사람의 대화〉

혹독한 기다림으로 피어난 희망이어라

기다림이란 언제나 혹독하다.

기다림의 대상이 나타나기 전까지는 그 끝을 결코 알 수 없기 때문이다. 기다리는 행위의 주체가 할 수 있는 것은 오직 기다림을 계속하는 것과 기다림을 포기하는 것 사이의 선택뿐이다. 만약 기다림을 포기한다고 해도 기다림을 스스로 멈출 수는 없다. 기다리던 그가 도착해야만 끝을 알 수 없던 기다림은 비로소 끝이 난다.

혹독한 기다림을 견딜 수 있는 유일한 방법은 '함

께' 기다리는 것이리라. 홀로, 오지 않을 이를 기다린다는 것처럼 서러운 일이 어디 있을까. 무엇을 해도 시원치 않은 그 막막한 시간을 보내기 위해서는 기다림의 동지가 꼭 필요하다. 둘이서 놀며 이야기하며 푸념하며 시간을 보내다 보면, 기다림도 제법 견딜만한 것이 된다.

그래서일까. 기다림을 주제로 삼은 두 편의 유명한 희곡 모두, 주인공은 하나가 아닌 둘이다. 에스트라공(고고)과 블라디미르(디디)가 나오는 사무엘 베케트의 〈고도를 기다리며〉가 그렇고, 우리 희곡 〈목이 긴 두 사람의 대화〉에도 A와 B라는 두 명의 주인공이 등장한다.

A와 B는 낮고 꾸불꾸불한 철조망을 사이에 두고 황량한 벌판 한가운데 마주 보고 서 있다. 바람이 불면 흔들릴 정도로 바짝 마르고 볼품없는 몰골이다. 이 처량맞은 상황은 철조망으로 만들어진 경계책이라는 특별한 무대장치로 인해, 자연스럽게 우리 분단 현실을

연상시킨다. 그렇다면 이들이 기다리는 대장이라는 존재는 아마도 철조망을 걷어내고 A와 B가 기다림을 멈출 수 있는 통일을 의미할 것이다.

　창작 당시의 사회·정치적 현실을 굳이 헤아리지 않아도, 〈목이 긴 두 사람의 대화〉가 극화한 세계는 한없이 막막하기만 하다. 목이 길어질 대로 길어질 만큼 기다려 보지만, 대장은 끝내 나타나지 않고 A와 B 사이에 놓인 철조망은 여전히 사라지지 않는다. 이 냉혹한 현실에서, 누구를 기다리며, 왜 기다리는지 등과 같은 기다림의 목적은 더 이상 의미가 없어진다. 언제부터 기다렸는지가 희미해질 참혹한 상황 속에서도 A와 B는 계속 대장을 기다리고 있다.

　　(A, B, 또 마주 본다)

　A　　무슨 뜻이지?

　B　　우리가 첨 만난 날은 언젠가?

　A　　아아, 언제부터 기다리기 시작했는가?

철조망을 단숨에 걷어내 줄 대장의 존재는 극이 진행될수록 더욱 의심스러워진다. 풍문으로 전해오는 이야기들 속에서 미스터리한 대장을 막연히 그려볼 뿐이다. 그에 대한 알쏭달쏭한 소문들 속에서 하루가 이틀이 되고 계절이 바뀌고 몇 년이 지났지만, A와 B는 기다림을 포기하지 않는다.

A   언제고 온다.

B   암, 올 테지.

A   오, 구, 말, 구.

B   오, 구, 말, 구.

모든 날이 하루로 바뀐 세계에서도 A와 B는 극이 끝날 때까지 대장을 기다리고 있다. 이들의 기다림에는 이유가 있다. 그것은 "언제고 온다"는 희망이다. 비록 그토록 기다렸던 대장이 기대했던 모습이 아닐지라도, 그가 찾아와 준다면 그것으로 족한 것이다. 그리고 "언제고 온다"고 믿고 바라는 내게 "암, 올 테

지" 하며 맞장구쳐 주는 그대만 있다면, 기다림으로 저무는 하루가 그저 쓸쓸하지만은 않을 것이다.

이북 함흥이 고향인 작가 박조열은 그렇게 평생토록 대장을 기다렸지만, 끝내 만나지 못한 채 세상을 떠났다. 그는 떠났지만, 그를 꼭 닮은 A와 B는 오늘도 대장을 기다리며 하루를 보내고 있다. 그렇게 반세기가 흘렀고, 예전에는 상상도 못 했던 세상이 펼쳐지고 있다. 작가의 희망을 새겨 넣은 "오, 구, 말, 구"에 "드디어 왔어요!"라며 화답할 날도 그리 멀지 않았을 것만 같다.

혹독한 그리움을 견디게 하는 모두의 귀한 희망이다.

〈목이 긴 두 사람의 대화〉

박조열

박조열(1930~2016)의 대표작 중 하나로, 작가가 밝혔듯이 사
무엘 베케트의 〈고도를 기다리며〉의 영향을 받은 작품이다.
베케트가 불안한 인간 실존의 문제를 내면적 풍경으로 극화했
다면, 박조열은 부조리한 분단 상황에 더 초점을 맞추고 있다.
철조망을 사이에 두고 오지 않는 대장을 기다리는 A와 B의
상황은 한국의 비극적인 분단을 추상화하였고, 기다려도 오
지 않는 대장은 통일을 상징한다. 당시로는 매우 앞서간 한국
최초의 부조리극이란 평가를 받고 있다. 1967년 극장 드라마
센터에서 이효영 연출로 극단 탈이 초연하였다.

✳

인간 세상에
믿을 것이 어데 있어.

〈달집〉

꽃다운 새색시 억척 어멈이 되었네

오래된 사진첩을 뒤적이다 기억에도 없는 낯선 가족사진을 발견할 때가 있다. 한참을 들여다보면, 조금씩 익숙한 얼굴들이 눈에 들어온다. 소년의 얼굴을 하고 있는 젊디젊은 아빠와 지금의 나보다 훨씬 더 앳된 모습의 엄마가 있다. 그 모습이 너무 푸르고 또 너무 애달파서 갑자기 코끝이 찡해지며 눈물이 고인다. 날 때부터 부모였던 이가 누가 있으랴. 삶보다 죽음에 가까운 노년의 인생에게도 꽃다운 젊은 날은 분명 존재했던 것이다.

반짝이던 눈망울에 세월의 이끼가 덮이고, 오동통한 두 손이 나뭇등걸처럼 빳빳해지기까지 하나의 인생이 감내해야 하는 희로애락喜怒哀樂은 가늠할 수 없을 정도의 깊이와 농도를 지닌다. 기쁨과 행복만이 가득하다면 늙는다는 것은 애통한 일일 테지만, 슬픔과 분노를 여러 차례 겪다 보면 인생에도 끝이 있다는 사실에 큰 위로를 받는다.

여느 평범한 인생에게도 오르막과 내리막의 순간들이 이어지기 마련이다. 하물며 전쟁이라는 거대한 격변 한가운데에 놓인 인생은 오죽하겠는가. 이산離散과 죽음의 공포가 문턱 앞까지 차오르는 극한에서도 아침 해는 떠오르고 삶은 지속된다.

1971년에 초연한 노경식의 희곡 〈달집〉은 한국전쟁이 한창이던 1951년 음력 정월대보름을 시간적 배경으로 삼아, 전라도 남원에 가까운 시골 마을에 살고 있는 노파 성간난 가족의 이야기를 그리고 있다.

정월대보름은 설날 이후 처음 맞는 보름날로, 음력

1월 15일을 뜻한다. 설날에서 대보름까지 15일 동안은 축제를 즐기며 빚 독촉도 하지 않는다는 옛말이 있을 정도로, 예전에는 설날보다 더 성대히 지낸 민속 명절이었다. 오곡밥과 묵은 나물 및 제철 생선 등을 먹으며 한 해의 건강과 소원을 빌었고, 밤에는 뒷동산에 올라가 달맞이하며 풍년을 기원했다.

이 흥겨운 명절을 이틀 앞두고 〈달집〉의 막이 오른다. 무대에는 풍요롭고 희망찬 새해를 향한 기대감 같은 것은 전혀 찾아볼 수 없다.

간난 인간사 일을 누가 알겄냐? 그리고 잘못 허먼 큰
애기나 젊은 각씨들이 또 다치기도 허고, 크게
욕을 보고 그런단다.

순덕 설매 애먼 사람한테, 무신 그럴랍디어. 즈그네
도 인두겁을 쓴 인생들인디.

간난 인간 세상에 믿을 것이 어데 있어. 요놈의 세
상, 누구를 믿게 생겼냐? 제 속에서 지 간줄기
를 쏙 빼물고 나온 지 새끼도 못 믿을 판국인

디. (사이)

모두 "지 새끼도 못 믿을 판국"으로 세상을 뒤집어
놓은 한국전쟁 탓이다. 주인공 간난 노파는 제대를 앞
둔 큰손자 원식과 빨치산이 된 작은손자 만식을 기다
리며, 손주며느리 순덕과 다섯 살의 어린 증손자와 함
께 살고 있다. 남편은 3·1 만세 운동으로 고문당해 세
상을 떠났고, 큰아들은 북해도 탄광 징용에 끌려가 죽
었으며, 징용을 피해 만주까지 도망갔던 둘째 아들 창
보는 고향으로 돌아오는 길에 아내가 러시아군에게
겁탈당하는 수모를 겪었다.

남편과 아들을 잃었지만, 간난은 억척스럽게 집안
을 꾸려간다. 온갖 수난 속에서도 삶을 포기하지 않고
살아가는 간난의 모습은 "인간 세상에 믿을 것이 어데
있어"라는 대사에 집약되어 있다. 그녀가 믿는 것은
오직 하나, 본인의 억척스러움뿐이다. 그 힘으로 몇
번이나 쓰러져가는 집안을 일으켜 세운 것이다. 그러
나 스스로를 향한 간난의 굳건한 믿음은 가족들에게

는 지울 수 없는 상처를 남기고 만다. 기다리던 첫째 손주 원식은 실명하여 집으로 돌아오지만, 그 사이 빨치산에게 겁탈당한 순덕은 간난의 강요를 이기지 못하고 결국 창보의 아내처럼 자살을 한다. 가족을 살리기 위해 자신 또한 오래전 일본 헌병에게 가슴을 헤쳐 보였음에도, 간난은 며느리들의 목숨보다는 겉으로라도 멀쩡하게 가족을 지켜내는 데에만 골몰한다. 그것이 "아모리 가뭄이 들고 홍수 사태가 나고, 천둥 뇌성벽력이 처들어와도" 꿈쩍 않고 삶을 지속할 수 있는 힘이라 믿는 것이다.

간난   (…) 야 – 요놈들아, 끄떡도 없단깨. 느그들이
        아모리 나를 못살게 굴어도 요 할미는 갠찮다.
        갠찮혜, 요놈들아. 흥, 지랄들 헌다. (…)

참혹한 전쟁과 야만의 세월은 일본 순사 앞에서 벌벌 떨며 옷고름을 풀던 꽃다운 새 색시를 손주며느리 주검 앞에서도 농사를 걱정하는 비정한 억척 어멈으

로 만들어 버렸다. 억척 어멈은 그렇게 또 하루를 살아갈 것이다. 아무 일도 없었다는 듯, 연극은 너무도 태연하게 막을 내린다.

지극히 평범한 산골의 아침에 손주를 부르는 간난의 목소리가 메아리친다. 전쟁으로 부서져 버린 힘없는 인생들을 호명하듯이.

〈달집〉

노경식

노경식(1938~)의 첫 장막극. 1971년 임영웅 연출로 명동 국립 극장에서 초연했다. 1972년 제8회 한국연극영화예술상(현. 백상예술대상) 여자 연기상(백성희), 희곡상(노경식) 등을 수상한 화제작이었다. 주인공 성간난의 비극적인 삶을 극화한 작품으로, 민족적 수난을 한 개인의 삶과 결부시켜서 역사적이고 사실적인 인물로서 하나의 전형을 창조했다. 특히 토속적인 전라도 방언의 생생한 대사 묘사를 통해 공연성을 강조하였다는 점에서 높은 평가를 받고 있다.

*

길은 있으되
어디에나 없는 것이오.

〈노비 문서〉

자유는 행동 속에 있는 것

1970년대는 우리에게 초고속 성장의 시대로 기억된다. 당시 주력 세대였던 지금의 7·80대에게는 남부럽지 않게 잘나갔던 '리즈' 시절이었다. 경공업 위주에서 중공업 육성으로 국가 정책이 변화·발전하면서 경제발전의 동력이 마련되었고, 그 결과 GDP가 연간 평균 7~8% 이상씩, 최대 12%까지도 성장했었다.

한강대교 폭파라는 부끄러운 역사는 강변북로 건설이라는 야심 찬 프로젝트가 성공하자 '한강의 기적'이라는 긍지에 묻혀 역사의 뒷골목으로 사라졌다. 노

력하면 이루지 못할 것 없다는 자신감이 나라 곳곳에서 넘쳐났다. 그렇게 대한민국은 해방된 지 30년 가까이 되어서야 국민의 안녕을 책임질 만한 국가의 틀을 갖춰가기 시작했다. 그리고 북한보다 못 살던 한국은 10년도 채 지나지 않아 북한과 비교 불가한 세계 19위권의 무역국으로 성장했다. 당시 유행했던 '세계 속의 한국'이라는 자랑스러운 별칭에는 언젠가는 선진국으로 도약하리라는 국민들의 희망과 기대가 뚜렷이 담겨 있었다.

70년대 국가 재건의 달콤한 캐치프레이즈 이면에는 저열하고 구태의연한 전근대의 찌꺼기가 덕지덕지 붙어있었다. 고속 성장의 미명 아래 저임금 정책과 노동 인권 탄압이 서슴없이 자행되고 있었고 군부독재 위정자들의 오만과 부도덕함은 고질적인 빈부격차를 더욱 가속화시켰다. 모두가 못살고 고생하던 나라에서 남들은 잘살고 나만 고생하는 나라로 바뀌기 시작한 것이었다. 세상은 정신없이 발전하는데, 정작 평범한 개인의 삶은 어제나 오늘이나 나아질 것이 없었다. 그

렇게 70년대 한강의 기적은 현실과 동떨어진 허황된 가치로 서서히 박제되어갔다.

　1973년 발표된 윤대성의 희곡 〈노비 문서〉는 국가 권력이라는 거대 가치 아래 무참히 짓밟혀진 개인의 인권을 이야기하고 있다. 작품의 표면적 서사는 고려시대 '김윤후 대사大師의 사건'•이지만, 희곡을 읽을수록 독자들은 당대의 폭압적 현실을 자연스럽게 떠올리게 된다.

　흥미롭게도, 1970년대는 연극계에 전통극 기법을 창작에 접목시키는 예술적 시도가 유행처럼 번져가던 때였다. 물론 사라지는 전통을 되살리겠다는 순수한 열정도 없지 않았을 테지만, 그보다 절박했던 것은 유신정권의 폭압적인 검열을 피하는 방법을 찾는 것이었다. 어떻게든 목소리를 낼 수 있는 안전한 장치를 찾던 작가들에게 가장 적절한 답이 되었던 것이 '전통'이었다. 현재와 가장 동떨어져 있는 전통에 기대어 현실의 부당함을 토로하는 속내를 우회적이고 안전하

게 드러낼 수 있었기 때문이다. 전통은 검열과 통제를 피할 수 있는 하나의 방어막과도 같은 것이었다.

> **코러스**　어제란 오늘의 기억, 내일이란 오늘의 꿈. 그러므로 오늘로 하여금 과거를 기억으로, 미래를 바램으로 살지어다.
>
> **노승**　이제 때가 왔도다 나는 가노라. 내 갈 길을 알지 못하나 내일의 꿈을 향해 내 길을 떠나노라.
>
> **코러스**　(비장하게) 길은 있으되 어디에나 없는 것이오, 뜻은 있으되 그 뜻이 남지 못하리로다. 남지 못하리로다.

〈노비 문서〉는 노승과 코러스의 비장미 넘치는 대화 장면으로 막을 연다. "어제란 오늘의 기억, 내일이란 오늘의 꿈"이라는 대사가 상징하듯이, 작품에는 역사를 교훈 삼아 미래를 도모하겠다는 변혁의 의지가 장면마다 뜨겁게 타오른다. 노비 우두머리 강쇠가 충주성 목사의 딸 지영과 함께 신분을 뛰어넘는 용감한 사

랑을 지켜내는 모습은 개인의 안녕을 보장하지 못하는 위정자들의 무능함과 대조되면서 관객들의 공감을 얻었다. 특히 1979년 임진택이 연출하고 이화여대 극회가 공연했던 마당극 〈노비 문서〉는 노비들의 반란 장면을 원작보다 격렬하게 무대화하여, 유신 말기 군사정권의 폭압 속에 숨죽이며 지내던 젊은 관객들에게 후련한 관극 경험을 선사해 주었다.

강쇠와 지영은 자신의 의지와 결정만으로 노승 앞에서 소박한 결혼을 한다. 이로써 이들의 사랑은 행복하게 마무리되는가 싶지만, 전쟁에 승리하면 힘을 보탠 노비들에게 자유를 주겠다는 약속을 관군이 지키지 않으면서 원치 않는 갈등에 휘말리게 된다. 노비와 관군의 다툼이 계속되면서, 지영은 노비들에게 인질로 잡히고 강쇠는 충주성 목사 이자헌을 찾아가 도움을 요청하지만 결국 지영은 시체가 되어 돌아오고 만다. 그제야 부사의 음모를 알게 된 이자헌은 부사에게 노비 문서를 태우라고 하지만, 부사에게 죽임

을 당한다.

> **코러스** (합창) 자유는 행동 속에 있는 것. 그 깃발은
> 드높고 불길은 뜨겁고 그 향하는 바는 영원하
> 도다.

"자유는 행동 속에 있는 것"이라 믿으며 부당한 현실을 향해 온몸으로 돌진했던 강쇠는 시대를 앞서간 죄로 모든 것을 잃는다. 강쇠가 전 생애를 바쳐 찾으려 했던 자유는 요즘 우리에게는 예사로운 것이 되었다. 하지만 세상은 변함없이 가혹하게 우리를 몰아붙인다. 신분제도는 없어졌으나 보이지 않는 차별과 폭력이 세상을 병들게 만들고, 전쟁은 잠잠해졌으나 역병과 자연재해의 공포가 우리를 절망하게 한다. 길은 대체 어디에 있는가. 얼굴과 얼굴을 마주하며 맘껏 이야기 나눌 수 있는 자유는 언제쯤 되찾을 수 있을 것인가.

"길은 있으되 어디에나 없는 것이오"라는 〈노비 문

서〉의 대사를 곱씹어본다. '어디에도 없는 길'이 아니라, '어디에나 없는 길'. 찾을 수 없는 길이 아니라 찾기 어려운 길이라는 뜻. 서로를 향한 신뢰를 거두지 않는다면, 어디에나 없는 그 좁은 길로 우리는 걸어갈 수 있을 것이다. 뜨겁고 영원한 행동으로 언젠가는 자유 안에 거할 수 있으리라.

● 김윤후는 백현원白峴院의 승려였는데, 그와 천민 부곡민들은 처인성에서 항몽 투쟁하여 승리를 거뒀다. 제5차 몽고 침입 시, 김윤후는 처인성에서 승리한 후 충주성 방호 별감에 임명되었다. 성이 포위되는 위기 상황에서 김윤후는 전쟁에서 이기면 노비들에게 관직을 주겠다고 하며 노비 문서를 태우고 노획한 우마를 나눠주어 노비들의 사기를 진작시켰고 결국 전쟁에서 승리했다. 그리고 약속한 대로 노비들에게 관직을 주었다. ─박용운, 『고려 시대사』, 일지사, 2008, 563쪽 참조.

〈노비 문서〉

윤대성

윤대성(1939~)의 희곡으로, 1973년 4월 극단 산하山河의 제19
회 공연 작품으로 표재순 연출로 국립 극장에서 초연된 작품
이다. 전통의 현대적 재창조 경향이 뚜렷했던 1970년대 문단
의 흐름을 반영하고 있다. 전통 탈놀이에 등장하는 취발이와
노승의 캐릭터를 등장인물로 설정했고, 대사에서 탈춤의 재
담을 활용하거나 민요를 부르는 코러스의 장면을 삽입하는 등
전통 연희적 요소를 적극적으로 활용했다. 여기에 서구의 서
사극적인 요소까지 가미하여 독특한 형식의 한국적 사실주의
극을 완성, 1970년대 현실을 우회적으로 풍자하였다.

✳

우리는 하나같이
살아 있는 것이오이다.

〈남한산성〉

죽음은 견딜 수 없고 치욕은 견딜 수 있으니

2017년 추석에 맞춰 개봉했던 여러 영화들 중 남다른 마케팅 전략이 돋보인 영화가 있었다. 김훈의 소설 『남한산성』(2007)을 원작으로 삼은 영화 〈남한산성〉(감독 황동혁)이었다.

이 영화는 화면의 미장센이 중요한 영상 매체의 특성을 강조하기보다는, 오히려 '말과 말의 싸움'이라는 문구를 내세우며 핵심 대사를 강조하는 연극 마케팅의 문법을 택했다. 이런 홍보 전략은 대본의 정교함과 극적 완성도에 대한 자신감이 뒷받침되어야만 가능한 시

도였다. 이를 증명하듯이, 영화 〈남한산성〉은 병자호란의 삭풍을 화면에 담은 영상을 압도하는 수려한 대본으로, 누적 판매 수 59만 부를 상회한 동명의 원작 소설에 대한 대중의 신뢰와 기대에 부응한 작품이었다. 이로써 영화 〈남한산성〉은 소설과 영화의 길항이 순조롭게 이루어진 장르 협업의 좋은 예로 남게 되었다.

　여기서 흥미로운 이야기를 꺼내볼까 한다. 믿기지 않겠지만, 소설이 출간되기 무려 30여 년 전에 이미 '남한산성'이라는 역사 콘텐츠를 눈여겨본 작가가 있었다. 1974년에 희곡 〈남한산성〉을 발표한 극작가 김의경이다. 이 작품은 국립 극단에 의해 초연되어 평단과 관객의 호평을 두루 받을 정도로 큰 성공을 거두었다.

　작가의 말을 빌자면, 김의경은 20대 청춘 시절 나만갑의 『병자록』을 읽으면서 안타까운 민족적 비극에 울분을 느껴 이를 소재로 한 희곡을 쓰기로 처음 결심했다고 한다. 작가 김의경이 긴 담금질 끝에 완성한

작품이 희곡 〈남한산성〉인 것이다.•

　1974년 국립 극단의 〈남한산성〉 공연(이진순 연출)
은 이듬해 한국연극영화예술상에서 최고대상 및 희곡
상, 연기상, 미술상 등 각종 주요 상들을 석권했다. 화
려한 수상 실적이 방증하듯, 완성도 높은 희곡의 면면
은 지금 읽어보아도 가슴이 뜨거워지는 절절한 대사
를 통해 체감된다.

　5막으로 구성된 장막극 〈남한산성〉은 인조 14년 병
자년 남한산성이 청나라 군사에게 포위된 후 삼전도
에서 항복하기까지 치욕적인 역사의 암흑기를 소재로
하였다. 주화파 최명길과 주전파(척화파) 삼학사의 대
립을 중심 갈등으로 부각시켰고, 그 사이에서 갈등하
는 왕의 무능함과 대신들의 부패를 극화했다. 명예를
지키기 위해서는 죽음을 견디어야 하고, 나라를 살리
기 위해서는 치욕을 견디어야 하는 인조의 번민이 깊
어지는 가운데, 주화파 최명길의 현실적인 외교정책
에 대한 진언이 현대의 관객들의 공감을 끌어내면서

극적 갈등은 고조된다.

> **최명길** (…) 전하, 우리는 죽지 않았습니다. 하나도 죽
> 지 않았습니다. 오히려 가슴을 크게 펴고 눈을
> 부릅뜨고 이 역사의 한 순간을 지켜보고 있는
> 것입니다. 전하, 역사의 심판 앞에 떳떳이 섭시
> 오. 온갖 벌을 스스로 받으시겠다는 군부의 자
> 세가 아니오이까. 우리는 하나같이 살아 있사
> 오니, 전하 통촉하소서. 우리는 하나같이 살아
> 있는 것이오이다.

최명길은 명예로운 죽음을 택하는 편이 오랑캐와
화친하는 것보다 낫다고 믿었던 당대의 통념과 정면
승부를 감행한다. 그의 대사 "우리는 하나같이 살아
있는 것이오이다"는, 위기의 때에 국가는 국민을 위해
무엇을 해야 하며, 국부는 어디까지 할 수 있는가에
대한 그만의 답이라 할 수 있다.

그는 현재의 불명예를 감수하고라도 실리를 택하

는 것이 역사의 심판 앞에 떳떳한 국가가 선택할 길이며, 그 길이 고통스럽다 할지라도 기꺼이 견디어내며 살아남는 것이 국부의 도리임을 주장한다. 이는 임금의 뜻을 하늘의 뜻으로 받들던 17세기 조선에서는 명백한 불충이며 납득할 수 없는 궤변이었으나, 현대의 관객들에게는 무능한 왕권에 대한 합리적인 비판이며 진정한 충언으로 받아들여졌다. 하여 작품의 클라이맥스라 할 수 있는 인조가 청 태종에게 무릎을 꿇고 항복하는 5막의 장면에서, 관객들은 왕을 향한 안타까움보다는 백성의 안녕을 본인의 치욕보다 중히 여긴 위정자의 선택에 후련함 비슷한 카타르시스를 경험할 수 있었던 것이다.

세상의 어떠한 가치도 '살아있음' 위에 놓일 수 없다는 이 분명한 진실은 수천 년의 시간을 가로지르며, 그렇게 연극 〈남한산성〉의 무대를 가득 메우고 있었다.

• 「8년 만에 침묵 깬 김의경 씨의 작품 〈남한산성〉 국립 극단서 공연」, 《경향신문》 1974.06.22. 참고.

〈남한산성〉

김의경

극작가이자 연출가인 김의경(1936~2016)의 작품이다. 1974년 이진순 연출로 국립 극단 69회와 70회 공연작으로 상연되었다. 1975년 한국연극영화예술상(현. 백상예술대상)에서 대상 및 연극 부문 작품상, 남자 연기상(김동원), 희곡상(김의경), 미술상(김동진) 등을 석권하였다. 병자호란을 소재로 한 5막 장막극이며, 김의경이 최초로 시도한 본격적인 역사극이다. 인조 14년 병자년 남한산성이 청나라 군사에게 포위된 후 삼전도에서 항복하기까지를 극화했다. 주화파 최명길과 주전파(척화파) 삼학사의 대립이 극적 갈등의 주를 이루며, 그 사이에서 고민하는 왕과 무능하고 부패한 대신들을 풍자하여 관극의 재미를 더하였다.

✻

살을 건가 죽을 건가
어느 쪽이 더 장부다울까.

<u>〈햄릿태자〉</u>

전통과 조우한 명작의 힘

개성 넘치는 사연으로 하나의 대명사로 남은 이름들이 있다.

심청, 춘향, 흥부와 놀부, 홍길동과 같은 우리 옛이야기 주인공들은 말할 것도 없고, 오이디푸스와 이오카스테, 엘렉트라와 아가멤논, 페드르와 이폴리트처럼 비정상성을 대표하는 신화의 인물들도 그러하다. 서구의 고전인 셰익스피어 비극에 등장하는 인물들의 면면은 더욱 다채롭다. 비극적 러브스토리의 주인공인 로미오와 줄리엣, 고독한 존재의 자기파멸을 상징

하는 햄릿과 오필리어, 허락되지 않은 욕망의 소유자 맥베스와 레이디 맥베스까지. 모두 독특한 자기 서사를 품고 있는 이름으로 기억되는 사람들이다.

특히 햄릿은 이름만이 아니라 대사로도 그 됨됨이를 짐작해 볼 만한 인물이다. 그 유명한 대사 "죽느냐 사느냐 그것이 문제로다To be, or not to be, that is the question"를 읊조리는 햄릿의 모습은 존재론적인 고뇌로 가득 찬 젊은이의 대명사로 남았다.

> **하멸**　살을 건가 죽을 건가
> 어느 쪽이 더 장부다울까
> 가혹한 운명의 화살을 받아도 인고할 것이랴?
> 싸워 이길 것이랴? 죽어서 잠이 들어 온갖 심뇌와 고통이 사라진다면 그것이야말로 인생의 극치이거늘, 죽어 잠이 들면 꿈을 꿀 터이지, 이승의 번뇌를 벗어나 영원히 잠들었을 때 그때 어떤 꿈을 꾸게 될 것인지 망설이게 되는구나.

이 낯설고도 익숙한 대사는 셰익스피어의 〈햄릿〉을 번안한 안민수의 희곡 〈하멸태자〉에서 발췌한 것이다. "죽느냐 사느냐 그것이 문제로다"는 "살을 건가 죽을 건가 어느 쪽이 더 장부다울까"라는 우리 옛 어조를 연상시키는 말투로 덧입혀져 있다.

1970년대 한국 연극계는 '전통의 현대화'라는 예술적 화두에 사로잡혀 있었다. 서구의 고전을 텍스트로 삼아, 전통 제의와 연희라 할 수 있는 무속과 가면극의 공연 기법으로 무대화하는 데에 열중했던 시기였다. 이 흐름의 선두에 섰던 대표적 연극인이 〈하멸태자〉를 창작한 안민수였다. 그는 하와이대학 유학 경험을 바탕으로, 1960년대 세계 공연예술계에 유행했던 아방가르드 연극에 대한 관심을 더하여 보편적인 주제를 한국의 전통으로 무대화하는 데에 골몰했던 연출가였다.

그에게 〈햄릿〉이란 전통적인 기법으로 한국적 정서를 그려낼 수 있는 가능성을 지닌 적절한 고전이었다.

특유의 시적인 대사를 우리 전통 가락인 3·4조, 4·4조의 운율로 바꾸었고, 의고체 어투를 따랐다. 또한 인물들의 이름을 '하멸태자(햄릿), 오필녀(오필리어), 가희(거투루드), 파로(폴로니어스), 호려소(호레이쇼)' 등으로 원작의 등장인물 이름을 연상시키게 하는 한자 이름으로 새로이 작명했다. 그리고 각 인물들이 처한 운명은 전통적인 정서를 상징하는 소리들로 구체화되었다. 하멸의 곡소리는 죽음을, 오필녀의 가야금 소리는 하멸을 향한 오필녀의 변치 않는 사랑을, 호려소의 피리 소리는 하멸의 번뇌를 감각적으로 상징했다.

무엇보다 〈하멸태자〉의 독특한 면모는 탈춤으로 형상화한 극중극 장면과 죽은 오필녀가 상여꾼에 들려 나가는 장면에서 도드라진다. 신명나는 탈춤 판이 펼쳐지면서 은폐된 진실은 비로소 민낯을 드러내고, 상여꾼의 한 서린 곡소리는 오필녀의 가련한 운명을 서글프게 애도한다.

서구 고전을 전통극 형식으로 탈바꿈시켜 '전통의

재창조'를 추구했던 안민수의 실험극 〈하멸태자〉는
당대의 문제작이었다. "이국적인 정취가 강하게 나타
나 결과적으로 소재 불명의 연극이 되고 말았다"는 혹
평과 "이제까지 한국의 현대극에서 볼 수 없는 양식적
인 미를 창출"했다는 호평을 동시에 받았고, 해외 공
연에서는 한국의 독특한 전통을 승화시킨 연출자의
시도와 자세가 훌륭했다는 평가와 함께 대성공을 거
두기도 했다.•

　1970년대 폭압적인 정치사회적 현실로 인해 흥행
위주의 상업극으로 치달았던 한국 연극계에 논쟁을
불러일으켰다는 점에서, 안민수의 〈하멸태자〉는 충분
히 참신하고 선구적인 예술적 시도였다.

• 〈하멸태자〉미국 공연 대성공,《중앙일보》1977.03.19.

⟨하멸태자⟩

안민수

연출가 안민수(1940~2019)가 셰익스피어 ⟨햄릿⟩을 번안, 연출한 작품이다. 1976년 드라마센터에서 초연한 후, 1977년 미국의 여러 도시와 유럽의 여러 나라에서 순회공연했다. 한국 전통 연극 양식에 의거하여 셰익스피어의 사상과 연극적 가치를 재해석함으로써 당시 서양의 관객들을 감동시켰고, 연극평론가들의 관심을 모았다. 국내에서 소재 불명의 연극이라는 혹평과 새로운 양식적 미를 창출했다는 호평을 동시에 받은 것에 비해, 해외에서는 "흑과 백이 마법과 같이 혼합된", "매혹적이고 일반적인 체험이 아닌" 작품이라는 고평을 얻었다.

가, 가, 가, 가버려
모, 모, 모, 모, 몹쓸 것.

〈봄이 오면 산에 들에〉

언제나 우리를 목마르게 하는 사랑아

벌써 20년이 흘렀지만, 밀레니엄 시대가 열린다며 세상이 들썩이던 2000년에 대한 기억은 여전히 생생하다. 새로운 세기의 시작은 연도를 표기하는 앞 두 자리가 '19'에서 '20'으로 바뀌는 것, 그 이상의 의미였다.

본래 '밀레니엄Millennium'이란 단어는 라틴어 'mille (1천)'과 'annus(해/년)'에서 파생된 'ennium'의 합성어로, 1천 년을 뜻하는 말이다. 당시 2000년을 고대하던 인류는 세 번째 밀레니엄을 앞두고 있었고, 이는

가늠할 수 없는 거대한 새 시대로 진입하는 것을 의미했다.

새 천년의 변화를 가장 발 빠르게 수용하고 반응했던 분야는 단연 광고계였다. 우리나라에서는 2001년 음료 광고가 화제였는데, "○프로 부족해"라는 유행어를 탄생시킬 정도로 파급 효과가 대단했다. 음료라는 제품 특징에서 '갈증'을 부각시켜 '이룰 수 없는 사랑에 대한 심리적 갈증'에 포커스를 맞추고, 배우 정우성과 장쯔이를 캐스팅하여 강렬한 대사 한 줄을 부각시킨 시리즈물이었다. 광고에 등장했던 카피들은 금세 소비자들의 눈길을 끌었고, 광고 장면은 여러 방송 매체에서 적극적으로 패러디될 정도로 인기였다. 특히 1편에 해당하는 광고는 20년이 지난 요즘에 다시 보아도 손색없을 정도로 흡입력 있는 장면이 이어진다.

남자가 여자를 향해 "가, 가! 가란 말이야!"라며 처절하게 외치지만, 여자는 모든 걸 버리고 남자에게 달려간다. 남자는 여자를 뿌리치지 않고 오히려 품에 안

고 "우리 그냥 사랑하게 해 주세요"라며 절규한다. 이 윽고 "사랑은 언제나 목마르다"라는 광고 카피가 화면을 채우며 마지막 화면에서 비로소 제품이 나타난 다. 15초의 짧은 광고 안에 사랑에 관한 복잡다단한 심리가 응축되어 있다. "가, 가! 가란 말이야!"라는 외침은 떠나려야 떠날 수 없는 절절한 사랑의 심경의 반어적 표현이었던 것이다.

우리 희곡에도 정우성처럼 사랑하는 여인에게 '가, 가! 가란 말이야!'라며 절규하던 이가 있었다. 최인훈의 희곡 〈봄이 오면 산에 들에〉에 등장하는 '아비' 또한 안타까운 사랑으로 목말라 있었다.

소리　　달내야

흩어진, 목선
여자의 목소리
들릴락 말락 한

달내　　엄마다

아비　　저, ─저, ─저, ─저, 저것이, 또, 또, ─또, 저,

　　　　저, 저것이

　　　　(일어나려는 달내를 붙들고)

아비　　가, 가, 가, 가버려

　　　　모, 모, 모, 모, 몹쓸 것

　　소설『광장』으로 유명한 작가 최인훈은 1970년대 여러 편의 희곡을 발표하며 극작가로 변신한 바 있다. 그는 총 7편의 희곡을 창작했는데, 대부분이 우리나라 설화나 전설을 소재로 한 작품이었다.

　　1977년 작〈봄이 오면 산에 들에〉는 문둥이 설화의 이미지를 차용한 희곡으로, '문둥이 어미'와 강제로 격리당한 달내와 아비의 이야기를 그리고 있다. 아비는 소리로만 등장하는 문둥이 어미를 외면하며 문을 열어주지 않는다. 그가 두려워하는 것은 감염이라기보다는 마을 사람들로부터의 배척이었다.

아비는 "가, 가, 가, 가버려 모, 모, 모, 모, 몹쓸 것"
이라며 애써 문둥이 어미를 부정하지만, 달내는 아비
의 손을 뿌리치고 어미의 손목을 잡는다. 감염을 두려
워하지 않는 달내 덕분에 아비도 용기를 내어 어미를
품게 되고 예상대로 달내네 가족들은 모두 문둥이가
된다. 그럼에도 불구하고 〈봄이 오면 산에 들에〉의 결
말은 해피엔딩으로 마무리된다.

마지막 장면에서 달내네 가족 모두는 춤을 추며 유
토피아를 상징하는 "십장생도十長生圖의 한 모퉁이"로
걸어 들어간다. 비록 문둥이가 되었지만 가족들과 드
디어 모여 살 수 있기에 달내네 가족은 행복해졌다.
말하자면 "몹쓸 것"을 품게 되면서 "몹쓸 것"을 뿌리
치며 메말라가던 달내와 아비의 삶에도 비로소 촉촉
한 단비가 내리기 시작했던 것이다.

〈봄이 오면 산에 들에〉

최인훈

작가 최인훈(1936~2018)이 1977년 발표한 희곡. 문둥병 어미를 둔 달내 가족 이야기를 통해 격리와 배척을 극복한 포용과 화해의 가능성을 시적인 대사와 지문으로 그려낸 수작이다. 문둥병 어미를 둔 달내는 자신을 유혹하는 사또와 연인 바우와의 사이에서 방황하다 화전민 아버지의 권유로 바우와 도망갈 궁리를 한다. 그러나 언젠가 다시 돌아올지 모르는 어미를 기다리기 위해 집을 떠나지 못한다. 결국 어느 날 찾아온 어미의 손을 잡게 되고, 온 가족 모두 문둥병에 걸려 마을을 떠나게 된다. 1980년 11월 13일~26일 극단 동랑레퍼토리(연출 유덕형)가 드라마센터에서 초연했고, 같은 해 제16회 한국연극영화예술상(현 백상예술대상) 연극 부문 대상, 연출상(유덕형)과 제17회 동아연극상 연출상(유덕형)을 수상하였다.

✳

한없이 한없이 번지며
밀려 나간다.

〈카덴자〉

어떤 숙명의 물결처럼

감염感染. '나쁜 버릇이나 풍습, 사상 따위가 영향을 주어 물이 들게 함', '생명 병원체인 미생물이 동물이나 식물의 몸 안에 들어가 증식하는 일', '정보·통신 컴퓨터 바이러스가 컴퓨터의 하드 디스크나 파일 따위에 들어오는 일'.•

올해 초 느닷없이 시작된 정체 모를 역병은 온 세상 삶의 질서를 완전히 뒤바꿔 놓았다. 출근하고 등교하던 매일의 아침과 동료들과 함께 나누던 점심, 그리고

하루를 마감하며 가족과 친구와 어울리던 바깥에서의 흥겨운 저녁은 이제 다시는 돌아갈 수 없는 일상이 되어 버렸다.

당연하고 평범한 것들이 갑자기 존재를 감춰 버릴 때, 새로이 마주해야 하는 고요한 낯선 풍경은 섬뜩한 공포를 자아낸다. 그리고 예측할 수 없는 내일을 막연히 기다려야만 하는 삶은 불행의 얼굴을 하고 우리를 잠식해간다.

감염될까 두려운 것이 어디 바이러스뿐일까. '감염'의 사전적 정의에도 나와 있듯이, 나쁜 버릇과 풍습 그리고 사상 등과 같은 보이지 않는 각종 어두운 기운에 감염되는 것 또한 보통 일이 아닐 것이다. 바이러스가 육체를 병들게 만드는 반면, 이러한 기운들은 영혼을 황폐화시킨다. 더욱이 그것이 외부의 강력한 힘에 의해 의도적으로 조작된 어떤 것이라면, 지극히 평범한 개인이 이겨내기란 불가능할 것이다.

또다시 일어나 높아지는 발소리.

어떤 숙명의 물결처럼.

어떤 악성 질균처럼.

한없이 한없이 번지며 밀려 나간다.

1978년에 발표된 이현화의 희곡 〈카덴자〉는 "어떤 숙명의 물결처럼, 어떤 악성 질균처럼" 세상을 감염시키는 폭력의 실체에 대해 물음을 던진 작품이다.

작가는 폭압적인 군사 정권의 무도함을 고발하기 위해, 세조 왕위 찬탈이라는 역사적 사건을 극적 서사로 끌어들인다. 그리고 고문실로 꾸며진 무대 위에 평범한 '여자 관객(실제로는 배우임)'을 등장시켜, 점차 강도가 높아지는 고문을 가한다. 이유 없이 무대 위로 끌려 나온 '여자 관객'은 처음에는 자신에게 벌어지고 있는 말도 안 되는 극적 상황에 어리둥절해하지만, 고문이 계속되면서 점차 강제적으로 죄를 강요하는 극장의 분위기에 완전히 감염되게 된다. '여자 관객'이 자신의 죄를 인정하는 대사 "내가 내 죄를 알겠소"

를 내뱉으며 올가미에 자신의 목을 매달기 위해 다가가면서 연극은 끝이 난다. 마지막 장면에서 무대 위를 밝히던 조명은 갑자기 방향을 바꾸어 객석을 비춘다. 그리고 "당신 죄인이지?"라는 녹음기 속 목소리가 반복된다.

관객들은 고문의 희생자로 전락한 '여자 관객'의 비극을 그저 방관만 하고 있었음을 자각하면서, 뒷맛이 개운치 않은 공연을 재차 곱씹게 된다. 충격만이 아니라 반성과 성찰을 유도하려는 작가의 의도는 공연이 끝난 후에도 끊임없이 관객들에게 번지며 밀려나갔다.

소문처럼 떠돌던 고문과 폭력을 '발소리'라는 명확한 음향으로 무대에 드러낸 〈카덴자〉의 초연은 연출가 정진수의 말처럼, 형사들까지 찾아올** 정도로 문제작이었다. 또한 고문 장면을 보고 실제 여자 관객이 기절해서 응급실에 실려간 일과 여주인공이 목매다는 장면에서 한 남자 관객이 무대로 뛰어들어 연극이 중

단되었던 사태●●●까지 벌어질 정도로 실제처럼 연출
되었다.

역사적 사건을 극화해서 폭압적인 현실 문제를 정
면으로 응시하고자 했던 작가의 용기는 그렇게 관객
에게 고요히, 그러나 강력하게 번져 나갔던 것이다.

● 네이버 국어사전.
●● "(⋯) 당시 군부독재 치하라서 검열이 매우 엄격했었는데 사육신을 소재로 한 이 역사극
을 군부독재의 탄압을 암시하는 알레고리로 해석해서 연극이 시작할 때 암흑 속에서 군화
발소리가 들리도록 음향을 썼죠. 이 때문에 말썽이 나서 형사들까지 찾아오고 한참 소동도
있었답니다. (⋯)"
　　─ 연출가 정진수와의 인터뷰: 주현식, 「〈카덴자〉와 오독의 수용사」,《한국극예술연구》
35, 2012, 275쪽에서 인용.
●●● 잔혹극 '카덴자', 14년만에 앙코르 공연,《국민일보》2000.08.02.

⟨카덴자⟩

이현화

작가 이현화(1943~)의 희곡. 세조의 왕위 찬탈과 사육신의 항거를 극적 서사로 삼아, 파격적인 실험극으로 1970년대 폭압적인 정치 현실을 폭로한 작품이다. 여성의 신체에 가해지는 가학적 고문 장면으로 당시 연극계에 충격을 선사했다. 제2회 대한민국연극제 출품작이었고, 1978년 9월 22일부터 27일까지 극단 민중극장(연출 정진수)이 세실극장에서 초연했다. 작품 속 고문 행위의 연속과 반복은 아르토의 잔혹극적 연극 전략으로 좋은 평가를 받았고, 같은 해 '서울 극평가 그룹상'을 수상하였다.

＊

두어라 가자
몹쓸 세상 설운 거리여.

〈공장의 불빛〉

달도 없는 밤 형광등 불빛만 반짝거리네

'검푸른 바닷가에 비가 내리면, 어디가 하늘이고 어디가 물이오'라는 비장하고도 서글픈 문장으로 시작되는 노래가 있다. 김민기 1집에 수록된 〈친구〉(1971)이다.

이 노래를 처음 들었던 곳은 지금은 대학로로 자리를 옮긴 정동 마당세실극장 지하 공연장이었다. 거기에서 어느 가수의 콘서트가 열리고 있었다. 가수 혼자 통기타 하나에 의지해서 두 시간 남짓한 시간을 오롯이 꾸려갔던 매우 소박한 콘서트였다. 그 무대를 여는

첫 노래가 바로 김민기의 〈친구〉였고, 그때 노래 부르던 가수는 고故 김광석이었다.

당시 고등학생이었던 나는 별생각 없이 객석에 앉아 있다가, 애잔한 곡조와 노랫말에 마음을 빼앗겼고 금세 콘서트에 흠뻑 빠져들었다. 노래를 마친 김광석 아저씨가 특유의 잔잔한 목소리로 "제가 들려드린 첫 번째 노래는 김민기의 〈친구〉였습니다"라고 소개하던 모습이 지금도 거짓말처럼 생생하다. 그날부터 내게 '김민기'라는 이름은 엄마 세대의 낡은 가수가 아닌, 내가 좋아할 수 있고 좋아해도 되는 가수가 되었다.

오늘의 청년들에게 김민기는 국민가요 〈아침이슬〉과 〈상록수〉의 작곡자로 유명할 테지만, 본래 그는 한국 포크 음악사에 길이 남을 걸출한 싱어송라이터였다. 그의 1집 음반은 세상에 나오자마자 큰 반향을 일으켰지만, 발매된 지 얼마 안 가 당국에 의해 압수되었다. 그리고 김민기는 수사 기관에 연행되어 고문을 당하기까지 했다. 시대를 잘못 만난 불우한 천재 가인

^{歌人} 김민기의 예술 인생 첫걸음은 그리도 힘들고 고되었다.

자신의 이름으로 발매된 모든 노래가 금지곡이 되어 버리는 황무지 같은 현실에서, 김민기는 새로운 예술의 형태를 꿈꾸게 된다. 그것이 서구의 음률을 국악의 어법과 접목시킨 '노래굿'이었다. 서구의 뮤지컬과 차별화된 우리 것으로 가득 채운 한국적 뮤지컬이라 평할 수 있는 노래굿의 첫 작품이 〈공장의 불빛〉(1978)이다.

〈공장의 불빛〉은 방직 노동자들의 투쟁과 해고의 과정을 담고 있다. 특이하게도 등장인물 개개인의 개성적 특징보다는 그들이 속해 있는 계층의 총체적 특성이 여러 인물들에게 나누어져 표출되고 있다. 즉, 집단화된 인물군이 등장하여 사회계층의 유형적인 특징을 보여주는 '마당극 또는 마당굿의 양식적 특징'●을 그대로 따른 극적 기법이라 할 수 있다. 따라서 주인공 '언니' 역시 개인적 서사보다는 인물이 속한 '노동

자 계층'의 현실 문제가 두드러진다.

> 언니   두어라 가자
>
> 몹쓸 세상 설운 거리여
>
> 두어라 가자
>
> 언 땅에 움 터 모질게 돋아
>
> 봄은 아직도 아련하게 멀은데
>
> 객지에 나와 하 세월도 길어
>
> 몸은 병들고 갈갈이 찢겼네
>
> 고향 집 사립문 늙은 오매
>
> 이제 내 가도 받아 줄랑가…
>
> 줄랑가…

'언니'는 고향 식구들을 위해 홀로 상경한 수많은 여공들을 형상화한 인물이다. 남편이 손가락이 잘리는 산업재해를 당했고, 자신 역시 폐병에 걸렸지만 해고가 두려워 제때 치료받는 것조차 포기해 버린 노동자이다. 달도 없이 공장의 불빛만 반짝이는 삶을 매일

꾸역꾸역 살아내야 하는 인물이다.

그녀가 겪은 사연들은 참혹하기 그지없어서 매우 특별하게 보일 테지만, 놀랍게도 이는 당시 대부분의 노동자들이 겪고 있던 보편적인 일상이었다. 하여 〈두 어라 가자〉의 한恨 서린 민요풍의 노랫말은 현실에 대한 울분을 막연히 품고 있던 젊은이들의 마음을 보편적이고도 비판적인 상황인식으로 뜨겁게 지펴 놓을 수 있었던 것이다.

"몹쓸 세상 설운 거리"에서 아무리 봄을 기다려본들 "봄은 아련하게 멀"기만 했고, 남은 것은 병든 몸과 돌아갈 수 없는 고향뿐이었다. 공장지대를 두고 떠날 수도 고향으로 돌아갈 수도 없는 노동자들의 비극적인 운명은, "두어라 가자"라는 헛헛한 노래 속에서 계속 되풀이되고 있었다.

세상은 변한 지 오래였으나 봄은 아무에게나 허락되지 않았던 시대였다.

● 이영미, 『마당극 양식의 원리와 특성』, 시공사, 2001(개정판), 99-117쪽 참조.

〈공장의 불빛〉

김민기

가수 김민기(1951~)가 1978년 작사, 작곡한 노래굿. 김민기
는 1970년대 초 싱어송라이터로 활발하게 활동했으나 2002년
고별 음반 〈김민기 전집〉을 발표한 뒤 가수 은퇴를 선언하고
이후 뮤지컬 제작에 전념하고 있다. 이 작품은 1970년대 한국
노동운동 초기 상황을 그린 작품으로, 한국교회사회선교협의
회 후원으로 제작되었다. 작가의 공장 노동과 야학 활동 체험
을 바탕으로 창작되었고, 제도권에서 인정받을 수 있는 형태
로 공연하기에 불가능했기에 카세트테이프로 녹음해 대중에
배포했다. 브레히트의 서사극 양식을 도입하여 당대 노동문
제를 극화한 시의성 짙은 작품이다.

✳

장수매처럼
새벽을 기다린다.

〈장산곶매〉

애끓는 가슴으로 두드려도 꿈쩍 않는 모진 세상

장산곶매.

이 낯선 단어를 처음 만난 건 내가 다니던 대학 안에 있었던 작은 영화관에서였다. 대학 신입생이었던 나는 선배 언니들에게 이끌려 〈닫힌 교문을 열며〉라는 독립영화를 보고 있었다. 너무 오래전 일이라 장면과 서사는 제대로 기억나지 않는데도, 유독 '장산곶매'라는 영화제작소 이름만은 선연하다. 그 이름을 본 것이 영화가 시작하기 전이었는지 엔딩 크레디트가 올라가던 마지막 장면이었는지 모르겠지만, 그때 난 영화를

보고 나오면서 '장산곶매'를 자꾸 되뇌었던 것 같다.

장산곶매의 원래 의미를 제대로 알게 된 것은 대학 졸업 후에 이곳저곳을 기웃대던 20대 후반 즈음이었다. 당시 나는 어떻게 하면 연극쟁이로 평생을 살 수 있을지 제법 진지하게 고민하고 있었다. 닥치는 대로 희곡을 읽고 연극을 보며 대학로를 매일 돌아다니던 어느 날, 연우무대의 〈장산곶매〉 공연 자료를 우연히 보게 되었다. 그제야 비로소 알게 된 것이다. 장산곶매가 황해도 장산곶에 둥지를 틀고 사는 매를 이르는 말이었으며, 작가 황석영이 창작한 동명의 희곡 작품이었다는 사실을. 그렇게 나는 희곡 〈장산곶매〉를 운명적으로 찾아서 읽게 되었다.

우리에게 소설 『객지』 「삼포 가는 길」 『장길산』 등으로 유명한 작가 황석영은 1979년 장막 희곡 〈장산곶매〉를 발표하였다. 이 작품의 모티프는 본인의 소설 『장길산』 서두에 나왔던 장산곶매의 전설이다. 봄이 되면 마을을 지키려는 듯이 어김없이 장산곶 마을 절

벽에 둥지를 틀던 장수매가 하나 있었다.

> 당골네　(…) 장산곶 연봉이 백여 리나 되는데 조수 따
> 라 들쑥날쑥 바위벽은 병풍 같고, 물길 거슬러
> 휘돌고 부딪치고 깨어져서 배는 감돌아들지 못
> 하는구나. 세찬 물살과 풍랑으로 풀뿌리 나뭇
> 잎은 뽑혀지고 날아가서, 거칠고 우람한 낙락
> 장송만 살아남아 이 터전 수백 년에 우거져왔
> 느니라. 사납고 욕심 많은 관리와 싸운 억센 사
> 내들은 장수매처럼 새벽을 기다린다. 바람찬
> 장산곶 절벽 한가운데 눈알을 번쩍이며 앉아
> 있는 저기 저 장수매!

　어느 날 침입자(이양선)가 나타나 장수매를 잡으라
고 주민들에게 요구하지만, 주민들은 마을 수호신으
로 믿고 있는 장수매를 당집에 숨겨준다. 이양선이 떠
나자 주민들은 매를 오래도록 보호하기 위해 매의 발
목에 매듭을 묶어서 날려 주지만, 마을로 돌아온 매는

다시 수리매, 구렁이 등의 공격을 받는다. 구렁이와 사투를 벌이던 매는 매듭이 나무에 걸린 채 날지 못하여 기진맥진한 채 죽고 만다.

이 안타까운 장수매 전설은 희곡 〈장산곶매〉에서 장수매를 닮은 주인공 바우의 비극으로 되풀이된다. 내세울 것 하나 없는 천민 출신이지만, 우직한 성품과 강한 의지를 타고난 바우는 장산곶 마을의 민란을 이끄는 대장이다. 부패한 관리들의 탐욕과 외세를 등에 업은 몰염치한 위정자들의 혼탁한 모습과 철저하게 대비되는 바우의 의연함은 마치 "바람찬 장산곶 절벽 한가운데 눈알을 번쩍이며 앉아 있는" 장수매를 연상시킨다. 바우는 자신의 생명을 걸고 모진 세상과 맞서지만, 교묘하고도 부정한 세상은 꼬떡도 없다. 결국 바우의 단단한 의지는 믿었던 친구의 배신으로 산산이 부서져 버리고 만다.

희곡 〈장산곶매〉의 마지막 장면은 구전가요 '새야 새야 파랑새야'를 부르는 마을 사람들의 애도로 채워

진다. 모두의 간절한 바람에도 불구하고, 장산곶매도 바우도 세상을 떠났고 민란은 여지없이 처참히 실패하였다. 그 자리에 남은 것은 오직 이 구슬픈 노래 하나였다.

험하고 모진 세상에서 힘없고 이름 없는 민초들이 할 수 있는 일이란 '새야 새야 파랑새야'를 조용히 읊조리며 장산곶매와 바우를 깊은 심연에 묻고 기억하는 것뿐이었다.

미미하고 보잘것없을지라도 희망의 불씨를 품은 간절한 기다림이었다.

〈장산곶매〉

황석영

황석영(1943~)이 1979년《문예중앙》겨울호에 발표한 원고
지 2백 장 분량의 장막 희곡. 자신의 장편 소설 『장길산』 서두
에 나왔던 장산곶매의 전설을 바탕으로 해서 탐관오리와 흉어
에 시달리는 가난한 어민들이 그들의 정신적 지주인 매를 지
키기 위해 민란을 일으키는 서사를 탈춤의 구성과 서사적 연
극 수법을 결합시킨 양식으로 극화한 작품이다. 1980년 3월
28일 드라마센터에서 이상우 연출로 극단 연우무대가 초연
했다.

죽은 나무도 생피 붙은 듯
죄스런 봄날.

〈봄날〉

봄은 꿈속같이 멀어라

연극 안에 영원히 거하기를 꿈꾼 지 벌써 스무 해가 되어간다. 연극을 만들고 가르친다고 내 소개를 하면, 많은 사람들이 비슷한 질문을 던지곤 한다. 언제부터 연극을 하기로 마음먹었나요.

돌이켜보면 굵직굵직한 계기들이 여러 번 있었지만, 그중 가장 중요한 계기는 대학 극회 활동일 것이다. 당시 우리 대학에는 대학 전체를 대표하는 총 연극회와 우리 과 자체적인 극회가 유명했는데, 대표성으로나 유명세로나 총 연극회 입단이 훨씬 매력적인

선택이었다. 그래도 오래 몸담을 주력 동아리이다 보니, 나는 공연을 보고 난 뒤에 입단을 결정하겠다고 생각했었다. 그해 과 극회의 공연이 총 연극회의 정기 공연보다 먼저 있었고, 그 공연을 보고 난 후에 난 주저 없이 과 극회에 바로 입단하였다. 내 마음을 사로잡았던 그 공연 작품이 이강백의 〈봄날〉이었다.

이강백이라는 극작가도 〈봄날〉이라는 희곡도 모르고 보았던 아마추어 대학극 공연에서, 난 처음으로 우리 희곡의 참맛과 연극 무대에 매혹당했다. 여물지는 않았지만 열정으로 가득 찬 무대였고 무엇보다 유려하게 진행되는 극적 서사에 완전히 빠져들 수밖에 없었다. 특히 동녀의 정체가 밝혀지는 순간, 봄꽃처럼 무대를 밝히는 동녀를 쳐다보는 아들들의 다채로운 반응은 콜라주처럼 무대를 생동하게 했다.

늙은 홀아비와 일곱 아들만 살고 있는 외딴집에, 인근 백운사 스님들이 주워 기르던 동녀를 맡기고 사라지면서 극적 갈등은 시작된다. 아들이 양껏 밥 먹

는 것조차 아까워하는 인색한 아비는 젊음을 되찾고
자 동녀를 방으로 들이고, 동녀를 사모하는 막내는 피
를 토하며 애통해한다. 아비가 장남과 함께 무당에게
회춘의 비법을 묻고자 길을 떠난 사이, 남은 아들들은
아비에게서 벗어날 궁리를 한다. 아비가 돌아오자 다
섯 아들은 회춘할 수 있다는 말로 아비 눈에 송진을 바
르게 한 뒤, 아비가 숨겨둔 돈을 가지고 도망친다. 봄
이 가고 여름이 오고, 아비는 더욱 노쇠해지고, 동녀
는 막내와 혼인하여 새 생명을 잉태하였다. 아비는 떠
난 자식들을 그리워하지만, 아들들은 아무도 돌아오
지 않는다.

육남　　먹어도 먹어도

　　　　배고픈 시장끼

　　　　죽은 나무도 생피 붙은 듯

　　　　죄스런 봄날

　　　　피여, 피여,

　　　　파아랗게 얼어붙은

물고기의 피

새로 한 번만

몸을 풀어라

새로 한 번만

미쳐라 달쳐라.•

　작가는 봄을 노래한 5편의 시 작품••을 일곱 아들의
대사로 그대로 인용하였다. 봄은 꽃을 피우려고 안달
해 보아도 금세 저 버리는 서럽고 슬픈 계절이다. 꽃
을 피우기 위해 '미쳐' 있는 봄이 아들들의 모습이라
면, 노년의 인색한 아비는 '죽은 나무' 같은 겨울이다.
회춘을 꿈꾸는 아비의 욕망은 결국 아들들의 배신과
도망으로 점철된 '죄스런 봄날'로 마무리되고 만다.

　작가는 초연 프로그램 글에서, 봄과 겨울의 격렬한
갈등과 대립에도 불구하고 작품을 통해 "인간에 대한
긍정"을 보여주고 싶었다고 말한 바 있다.••• 작가의
바람대로, 봄과 겨울은 양보 없이 치열하게 겨룬다.

이들의 갈등은 봄이 떠나고 여름이 찾아올 때쯤 끝이 나지만, 완전한 화해는 극이 끝날 때까지 이루어지지 않는다. 다만, 동녀가 품고 있는 새 생명이 상징하는 아련한 희망이 아지랑이처럼 흐릿하게 작품을 감싸 안으며 극이 마무리될 뿐이다.

새 생명이 태어나는 새봄이 찾아올 때쯤, 기적처럼 죽은 나무에 생피가 붙듯 아비와 아들들의 꿈같은 재회가 이루어질지도 모를 일이다.

● 허영자, 〈봄〉.

●● 〈봄〉이란 제목으로 쓰인 서정주, 김춘수, 이상, 김소월 그리고 허영자의 시 작품들.

●●● 이강백, 작가의 말, 〈봄날〉 초연 프로그램북.

〈봄날〉

이강백

이강백(1947~)의 희곡. 극작가 이강백은 1971년 《동아일보》
신춘문예에 희곡 〈다섯〉이 당선되어 등단했다. 1970년대 권력
의 폭압성을 알레고리 기법으로 우화적으로 극화하는 데에 주
력했다. 1984년 작 〈봄날〉은 1970년대 작가가 보여주었던 우
화적 수법이 동양적인 동녀 설화의 구조 속에서 제도와 개인
의 화해 열망으로 다시 피어난 결과라고 볼 수 있다. 이 작품
을 계기로 이강백의 극작 세계는 '제도적 폭압에 대한 우의적
폭로'에서 '제도 이상의 운명 혹은 존재에 처한 인간적 보편성
을 드러내 주는 것'으로 방향을 전환하였다는 평가를 받는다.
1984년 9월 문예회관 대극장에서 극단 성좌에 의해 권오일의
연출로 초연되었다. 제8회 대한민국연극제(현 서울연극제) 대
상, 연출상(권오일), 미술상(최보경) 등을 수상했다.

✳

온몸에 푸른 잎사귀 피우던
시절이 있었지.

〈사팔뜨기 선문답〉

어두웠던 믿음의 시절

1994년.

동학운동과 갑오개혁 100주년이었으며, 4월에는 록그룹 너바나Nirvana의 커트 코베인Kurt Donald Cobain 이 생을 마감했고, 7월에는 북한 김일성 주석이 세상을 떠났다. 9월에는 온 나라를 공포로 몰아넣었던 지존파가 체포되었고, 10월에는 서울 한복판에 있는 성수대교 붕괴 사고가 일어났다. 그리고 11월에는 일 년에 한 번만 응시할 수 있는 대학수학능력시험이 처음 치러졌다.

김건모의 초대형 히트곡 〈핑계〉가 한국 가요계에 레게 열풍을 몰고 왔고, 하반기에는 서태지와 아이들의 〈교실 이데아〉를 거꾸로 재생하면 '피가 모자라'라는 가사가 들린다는 루머가 정식 기사화되기도 했다. 또한 여름에는 전국적으로 3천 명 이상의 사망자가 발생할 정도로 끔찍한 폭염이 찾아왔던 해였다.

과거 32년 동안 이어졌던 군부 정권에 환멸을 느꼈던 국민들은 제14대 대통령 선거에서 김영삼 대통령을 선택했지만, 1993년 문민정부 출범 후부터 대형 사고들이 잇달아 터지면서 정부에 대한 기대는 실망으로 바뀌었다. 더욱이 김일성 주석 사망과 서울 불바다 발언이 불러일으킨 1994년 남북한 전쟁 위기 상황은 과거 반공 정책을 연상시키는 신공안정국을 만들어내고 말았다.

군부 독재에 저항하며 새로운 세상의 도래를 꿈꾸던 청춘들은 중년이 되었지만, 세상 살기란 여전히 녹록지 않았다. 부정과 부패를 일삼던 군부 독재라는 분명한 적敵이 사라지고, 실체를 알 수 없는 신공안과 세

계화의 가치 아래 아직 이빨을 드러내지 않은 신자유
주의가 들어선 것이다. 사회는 안정된 것 같았지만 새
로운 밀레니엄을 앞둔 모호한 불안으로 흔들리고 있
었고, 개인의 자유는 여전히 통제되어 있었다. 군부
독재의 기간 동안 억눌렸던 사회에 대한 불만과 불안
이 마그마처럼 곳곳에서 폭발하기 시작했다.

목소리 그래 한때는 빛나는 이마 높이 쳐들고 온몸에
푸른 잎사귀 피우던 시절이 있었지. 하지만 어
느 틈엔가 뒤틀린 장판지처럼 눅눅하게 녹아
내린 하오의 햇빛 속에 서 있었어. (이미지2,
하품을 한다.) 시간의 관절이 무참히도 꺾이고
(이미지3, 몸을 뒤틀면서 비명을 낮게 낸다.)
누군가 죽어갔다. (이미지1, 신음 소리) 거기
또 누가 아파하고 있느냐? (이미지3, 한숨 소
리) 아직도 지우지 못한 아픔으로 거기 누가 한
숨 쉬고 있느냐? 묵은 서류뭉치처럼 이 모든
것이 낡아버린 얘길까? (이미지2, 다시 하품을

내쉰다. 사이. 이미지3, 다시 운다.) 거기 아직
도 누가 슬퍼하고 있느냐? 그래, 나는 한 죽음
을 보았지.

폭염처럼 온 나라가 들끓던 1994년, 80년대 청춘이
었던 극작가 윤영선은 중년이 되어 고국에 돌아온다.
그리고 첫 작품 〈사팔뜨기 선문답〉을 직접 연출하며
연극계에 데뷔한다.

낙인처럼 지워지지 않는 80년대의 기억은 아직도
모두를 괴롭게 만들지만, 세상은 아무 일 없었던 듯이
멀쩡히 돌아가고 있었다. 그다지 바뀐 것이 없는 데에
도 다 해결된 것처럼 파티를 즐기는 사람들 틈에서,
작가의 내면은 분열하고 혼란에 빠져 버린다. 이미지
1, 2, 3, 4, 5, 6으로 쪼개진 의식들은 과거와 현재를
오가며 동분서주하지만, 권력과 억압의 질서는 변함
이 없이 공고하기만 하다.

그래서일까. 작가는 자꾸만 과거를 더듬는다. "뒤
틀린 장판지처럼 눅눅한" 현재가 아닌, "빛나는 이마

높이 쳐들고 온몸에 푸른 잎사귀 피우던 시절"을 그리워한다. 어두웠지만, 함께 모여서 하나의 가치를 이야기하던 믿음의 시절을.

결코 돌아갈 수 없다는 진실을 너무도 잘 알면서도.

〈사팔뜨기 선문답〉

윤영선

극작가 윤영선(1954~2007)이 1994년 연우무대에서 직접 쓰고 연출했던 등단작이다. 윤영선은 단국대 영문학과 졸업 후, 연우무대에서 〈한씨연대기〉 〈칠수와 만수〉 공연의 조연출을 하다가 도미하여 뉴욕주립대 스토니브룩에서 7년 동안 유학 생활을 했다. 〈사팔뜨기 선문답〉은 그가 연극학 석사학위를 받은 뒤 귀국하여 발표한 첫 작품이다. 특정되지 않은 인물들—이미지 1, 2, 3, 4, 5, 6 등—이 등장하여, 총 12개의 장면에서 주어진 역할을 그때그때마다 바꾸어가며 수행하는 극작술이 특이하다. 등장인물들은 작가의 내면 또는 의식의 분열을 상징한다.

비정한 세상을 이겨내야
으른이 되는 기다.

〈경숙이, 경숙아버지〉

우리 이제 그만 어른이 되자

어른이 된다는 것은 무엇일까. 젊은 날에는 나이가 들면 저절로 어른이 된다고 그저 막연히 생각했었다. 그런데 막상 나이가 들고 청춘의 시기를 넘어서 보니, 그냥 쉬이 어른이 되는 것이 결코 아니었다.

어른이 되기 위해서는 반드시 치러야 할 대가가 있는 것 같다. 일종의 필수요건 같은 것인데, 생각보다 많은 노력과 인내가 요구된다. 소위 '철이 든다'라는 말로 대변될 수 있는 그 과정은 실제로 겪어보면 피할 수만 있다면 어떻게든 피하고 싶을 만큼 퍽이나

고되다.

하고 싶은 일보다는 해야 하는 일을 따라 살아야 하기에 늘상 심연에는 자기만이 알고 있는 서늘한 바람이 불고 있다. 매 순간 그 바람을 애써 잠재우며 책임과 의무를 저버리지 않는 선택들이 차곡하게 쌓일 때 비로소 어른이 되는 것이다.

2006년 발표된 해에 각종 연극상을 휩쓴 박근형의 〈경숙이, 경숙아버지〉 주인공 '경숙아버지'는 철없는 남편이자 무책임한 아버지의 전형이다. 한국전쟁이 발발하자, 아버지는 경숙과 경숙 어머니한테 집을 지키며 잘 버티라는 말만 남기고, 혼자서 방랑의 길을 떠난다. 남겨진 어머니와 경숙은 아버지를 원망하면서도 하염없이 그를 기다리며 고향집을 지킨다. 전쟁이 끝나자 아버지는 수용소에서 만난 꺽꺽이 아저씨와 함께 귀향하지만, 잠시 머물다가 훌쩍 떠난다. 아버지가 집을 비운 사이 어머니는 꺽꺽의 아이를 임신을 하고, 얄궂게도 아버지는 때맞춰 집에 돌아와서 상

황을 파악한 뒤에 다시 또 떠난다. 아버지를 피하려 꺽꺽은 어머니와 경숙을 데리고 이사를 가지만, 아버지는 자야라는 젊은 여자까지 데리고 이들을 찾아온다. 애증 관계에 놓인 두 남자와 두 여자가 한 집에서 지내는 기묘한 상황 속에서, 어머니가 낳은 꺽꺽의 아들은 세상을 떠나고, 아버지는 자야에게 실연당해 괴로워한다. 어머니와 자야는 칼부림까지 하며 갈등하지만 갑작스러운 예수의 등장으로 거짓말처럼 화해하고, 아버지는 다시 모두를 떠나 사라진다. 세월이 흘러 경숙의 대학 졸업식 날, 어디선가 나타난 아버지가 경숙에게 신발을 선물한다. 경숙은 싫다고 소리치며 그동안 참아왔던 복잡한 감정을 토해낸다. 아버지는 그런 경숙을 보며 '다 컸다'라는 말과 함께 신발을 두고 떠난다.

아베   내가 니들 고충 말 안 해도 다 이해한다. 전쟁이라 하는 게 누구한테나 다 비정한 기다. 그 비정한 세상을 이겨내야 으른이 되는 기다, 경숙아!

아베   깝깝한 년! 경숙아! 내는 이제 같이 살기에는

　　　　　많이 늙었다 아니 많이 낡은 인생이다. 인생은

　　　　　알 수 없이 모진 기다. 그걸 알아야 니가 어메가

　　　　　되고 부모가 되는 기다.

　홀연히 길 떠날 때마다, 아버지는 경숙에게 암호같
이 알쏭달쏭한 인생관을 던져 놓는다. 세상은 비정하
고 인생은 알 수 없이 모진 것이며, 그것을 이겨내고
깨달았을 때 비로소 어른이 된다는 삶의 전언이었다.
참으로 아이러니한 것은, 경숙아버지를 빼고 다른 등
장인물들 모두는 자기 앞에 놓인 팍팍한 삶을 애쓰며
잘 견디어내어 마침내 어른이 된다는 사실이다. 결국
경숙아버지만이 오로지 철없는 방랑자로 인생의 가장
자리를 여태껏 헤매고 있다.

　누군들 마음 가는 대로 살고 싶지 않겠는가. 책임과
의무 따위 훌훌 벗어던지고 오직 마음의 소리 따라 살

아가는 삶을 꿈꾸지 않은 자가 있을까. 그러나 그것은 어른의 삶이 아니다. 우리, 이제 그만 어른이 되자.

〈경숙이, 경숙아버지〉

박근형

극작가이자 연출가인 박근형(1963~)이 2006년에 발표한 희곡. 한국전쟁 무렵을 배경으로 가족을 내팽개치고 방랑하는 이기적인 아버지와 이런 아버지를 지켜보는 딸의 애증을 그린 작품이다. 초연된 해에 동아연극상 작품상, 희곡상(박근형), 여자 연기상(고수희), 신인상(주인영) 등 주요 부문을 휩쓸었고, 대산문학상 희곡상, 올해의 예술상 등을 수상했다. 또한 한국연극평론가협회 '올해의 연극 베스트 3'에 선정되었다. 2009년 설날 특집으로 KBS2에서 4부작 드라마로 새로이 제작되어 방영되기도 했다.

✳

지워지기 전에
지워 버리는 거지.

〈열하일기 만보〉

연암에게 길을 묻다

호기심 하나에 삶 전체를 기꺼이 저당 잡혔던 인물들이 여럿 있다. 후대 사람들은 그들에게 '혁신가' 또는 '개척자'라는 영예로운 이름을 붙이곤 하지만, 남들이 당연시 여기던 것들을 의심하고 질문을 던지는 삶이란 실상 괴로움의 연속이기 쉽다. 남보다 한 발자국 먼저 앞서가는 도드라지는 삶이기에 원치 않은 오해를 불러일으키기도 하는 것이다.

200여 년 전 독특한 세상 보기로 유명했던 연암燕巖

박지원이 그러했다. 연암은 키가 크고 풍채가 좋았으며, 가히 범접할 수 없는 위엄을 풍길 정도로 용모가 엄숙하고 단정했던 사람이었다고 전해진다. 이처럼 늠름한 외모에도 불구하고, 연암은 스무 살 즈음부터 불면증에 시달려 3~4일씩 잠을 이루지 못한 적이 많았다고 한다. 평생 동안 하루에 고작 두어 시간밖에 잠을 자지 못할 정도로 그 증세가 매우 심각했던 것이다.

그의 불면증에는 여러 원인이 있었을 테지만, 아마도 가장 중요한 원인은 호기심이었을 것이다. 『열하일기』에 나오는 다음의 일화는 꽤 납득할 만한 근거가 된다.

말 타고 청나라를 여행하던 중, 연암은 말 위에서 잠시 졸게 된다. 그가 깨어나사 하인은 낙타를 본 이야기를 전한다. 이 말을 들은 연암은 다음부터는 신기한 것이 보이면 주저하지 말고 깨워 달라며 사정했다고 한다.

신기하고 기이한 것을 놓치지 않겠다는 그의 집념은 머물지 않고 새로운 삶으로 기꺼이 내달릴 수 있는

혁신적인 삶의 근간이 되었다. 그리고 평생을 머물지 않고 떠돌며 연암이 찾아 헤맸던 실학사상의 정수는 『열하일기』를 비롯한 그의 저작들에 스미어 지금까지 살아있다.

2007년 극작가 배삼식은 연암의 명저서 『열하일기』를 전혀 다른 방식으로 읽어냈다. '고전에 대한 참신한 다시 – 읽기'가 희곡 〈열하일기 만보〉의 장점 중 장점이다.

18세기 실학자 연암은 이 작품에서 '말言하는 말馬 미중'으로 등장한다. '열하' 마을 장로들은 짐승이면서 짐승의 경계를 넘어선 미중의 말하기를 금하지만, 기이한 것을 채집하는 제국의 어사가 등장하자 다시 미중에게 말할 것을 명령한다. 이 과정에서 미중은 연암의 사상을 열하 마을 사람들에게 이야기해주고 사람들은 그 이야기에 마음이 움직여 마을을 떠나고자 하지만 끝내 떠나지 못한다.

연암	나는 끌려가지 않아도 되고 너희들은 죽지 않아도 되는 길을 알려 주려는 거다. 물론 어사를 죽여 공연히 곤란한 일을 만들 일도 없다.
추오	어떻게 하면 그럴 수가 있지?
연암	지워지기 전에 지워 버리는 거지.
부혜	대체 무슨 소리야?
연암	다들 집으로 돌아가 당장 짐을 꾸려. 최대한 가볍게. 꼭 필요한 것만.
기여	짐을 꾸리라고?
연암	떠나는 거다. 동이 트기 전에.

'말馬'을 한다는 사실을 인정할 수도, '말馬다운 말馬'인 체하고 있을 수도 없는 미중의 앞뒤 꽉 막힌 상황 속에서, 극작가 배삼식은 미중의 진정한 페르소나인 '연암'의 목소리를 되살려낸다.

18세기 연암이 머물지 않고 떠돌면서 자신의 실학 사상의 정수를 찾아냈던 것처럼, 〈열하일기 만보〉의 주인공 미중(연암) 역시 "지워지기 전에 지워 버리는"

방법을 제안한다. 하지만 아무리 척박한 땅일지라도 일상을 박차고 길을 떠나기는 쉽지 않은 법. 열하 마을 사람 중 그 누구도 선뜻 길을 나서지 못한다.

창대는 돌아오지 않는 아들을 기다려야 하고, 어떤 이는 아이를 낳아야 하고, 또 다른 이는 땅에 묻은 남편을 떠날 수가 없기 때문이다. 결국 더 이상 잃을 것이 없는 열하 공식 지정 창녀인 '만만'과 열하 공식 지정 광녀인 '초매'만이 자유를 찾아 떠난다. 지워지기 전에 지워 버리는 이동을 성공적으로 완수한 것이다.

희곡 〈열하일기 만보〉에서 연암은 18세기 조선을 벗어던진진 채, 오늘의 우리에게 직접 말을 건다. 지워지기 전에 지워 버리라고. 관객들은 모래바람 서걱거리는 사막의 한가운데에서 잠시 연암 낙타 등에 올라탄다. 그리고 삶이라는 가파른 모래언덕을 조금은 수월하게 넘어간다.

어디에도 머물지 않고 느린 걸음으로 계속 나아가던 연암 박지원처럼.

〈열하일기 만보 熱河日記 漫步〉

배삼식

극작가 배삼식(1970~)이 2007년에 발표한 희곡. 연암 박지원의 생애와 그의 저서 『열하일기』에서 소재를 취해서 세태를 풍자한 알레고리 계열의 희곡이다. 연암 박지원이 호기심을 이기지 못해 불면증과 우울증에 시달렸다는 기록에서 착안하여, 말하는 네발 달린 동물 '미중'(연암)을 주인공으로 등장시켰다. 연암의 사상에 대한 깊은 이해에서 출발한 글쓰기의 깊이감이 돋보이는 작품이며, 특히 삶의 전언이라 할 만한 철학적인 대사는 독자들을 사유의 세계로 이끌어준다. 2007년 손진책 연출로 극단 미추가 예술의전당 토월극장에서 초연했고, 같은 해 대산문학상 희곡상, 2008년 제44회 동아연극상 대상과 희곡상 등 4개 부분을 수상했다.

＊

마음이 쓸쓸하믄 개척해가면서
씩씩한 노래를 불러야 되디.

〈목란언니〉

꿈은 부서지고 삶은 남루해졌지만

어린 시절 품었던 꿈처럼 사는 이가 있을까. 작정하고 세상을 뒤져본다면, 더러 몇은 발견할지도 모르겠다. 하지만 우리 대부분은 꾸었던 꿈과는 사뭇 다른 생의 한가운데 오도카니 놓여있다.

미래를 향한 맑고 투명했던 포부는 나이를 먹어가며 송곳 같은 현실에 부딪쳐 조금씩 탁해진다. 그리고 몇 번의 실패 몇 번의 좌절을 경험하며 점차 초라해진다.

막연할지라도 맘껏 꿈꿀 수 있는 것이 청춘의 패기

라면, 아무리 바랄지라도 이룰 수 없는 것이 있음을 깨닫는 것은 철든 자만이 누릴 수 있는 평안이다. 기꺼이 버리고 기꺼이 포기하는 것. 그 과정은 뼈가 부서질 정도로 고통스럽지만, 일단 감내하고 나면 새로운 지평을 만날 수 있다. 그렇게 삶과 세상을 향한 시각이 조금씩 열리면서, 우리는 자기 앞의 생을 묵묵히 살아갈 수 있는 것이다.

물론 허락된다면, 누구나 고민과 갈등 없이 죽을 때까지 평탄한 인생을 누리고 싶을 터이다. 어릴 때처럼 씩씩하게 꿈꾸고 계속 도전하면서 하나씩 성취해가는 삶이란, 생각만으로도 벅차기만 하다. 나 또한 되돌아갈 수만 있다면, 철들지 않아도 되었던 그 시절로 돌아가고픈 마음이 간절하다. 그저 짧은 한숨으로 하루의 고민 정도는 말끔히 날려 보낼 수 있던 그 단순하고도 철없던 때가 눈물겹도록 그립다.

조목란 어쩐지 노래가 쓸쓸합니다.

허태강 … 마음이 쓸쓸하니까.

조목란 (태강의 시선을 피하며) 기리타구 기리케 쓸쓸
한 노래를 부름미까?
마음이 쓸쓸하믄 개척해가면서 씩씩한 노래를
불러야 되디 않갔습니까? (…)

희곡 〈목란언니〉의 주인공 목란은 평양예술학교에
서 아코디언을 전공할 정도로 엘리트 여성이지만, 뜻
하지 않은 사고에 휘말려 한국에 오게 된다. 목란은
북에 있는 부모와 함께 서울에서 살고 싶다는 기대뿐
이다. 하지만 탈북 브로커에게 속아 정착금과 임대 아
파트의 보증금까지 사기를 당한 뒤에는 다시 북으로
돌아가겠다는 다짐을 품게 된다. 그리고 북으로 가기
위해 필요한 자금 5천만 원을 벌기 위해, 조대자의 룸
살롱까지 흘러들어간다. 실연으로 정신이 반쯤 나간
장남 허태산이 목란의 아코디언 연주로 조금씩 기운
을 차리자 조대자는 목란에게 허태산과 결혼하는 조
건으로 5천만 원을 주겠다는 약속을 한다.

"마음이 쓸쓸하믄 개척해가면서 씩씩한 노래를 불러야 되디 않갔습니까"라며 한껏 명랑 씩씩했던 조목란은 사업에 실패한 조대자가 자취를 감춘 뒤부터 서서히 무너진다. 그리고 마지막 장면에서, 고향과 부모에게 돌아갈 수 없는 사연 많은 이국 거리의 여자로 전락한다.

> 무대 하수, 중국 뒷골목 홍등가 〈춘색春色〉에서 기타 소리가 어렴풋이 들려오기 시작한다.
> 기타를 치는 여인, 슬쩍 고개를 든다. 조명이 밝아진다.
> 위에는 검정 비키니를, 아래는 옆선이 트인 긴 반짝이 치마를 입었다.
> 조목란, 중국말로 사랑의 미로를 부른다.

맥없는 허태산 형제를 위로하던 씩씩한 탈북처녀 목란은 온데간데없다. 무대 위에는 목란의 부서진 꿈 남루한 생을 위로하기에는 턱없이 모자란 유행가 한 가락만이 뜻 모를 언어에 실려 허공을 떠돌 뿐이었다.

그렇게 목란은 쓸쓸하고도 황량한 풍경으로 오래도록 기억되고 있었다.

〈목란언니〉

김은성

극작가 김은성(1977~)이 2012년에 발표한 희곡. 평양 예술학
교에서 아코디언을 전공한 주인공 조목란이 뜻하지 않은 사고
에 휘말려 한국에 오게 되는 이야기를 총체극 형식에 잘 담아
낸 수작이다. 2012년 3월 9일부터 4월 7일까지 두산아트센
터 스페이스111에서 전인철 연출로 초연했다. 그해 동아연극
상 희곡상(김은성)과 신인 연기상(정운선), 대한민국연극대상
작품상을 수상했고, 월간《한국연극》선정 '공연 베스트 7'과
한국연극평론가협회 선정 '올해의 연극 베스트 3'에 선정될
정도로 관객과 평단 두루 호평을 받았다.

인용문 출처

이광수, 〈규한〉: 이광수, 『이광수 전집 8』, 삼중당, 1971.

조명희, 〈김영일의 사〉: 한국극예술학회 편, 『한국 현대대표희곡선집 1』, 월인, 1999.

김우진, 〈난파〉: 김우진 저, 서연호·홍창수 편, 『김우진 전집 1』, 연극과인간, 2000.

김영팔, 〈부음〉: 서연호 편, 『한국의 현대희곡 1』, 열음사, 1992.

김명순, 〈두 애인〉: 김명순 저, 서정자·남은혜 편, 『김명순 문학 전집: 한국 근대 최초의 여성작가』, 푸른사상, 2010.

송영, 〈호신술〉: 한국극예술학회 편, 『한국 현대대표희곡선집 1』,

월인, 1999.

유치진, 〈토막〉: 이상우 편, 『한국 현대희곡선』, 문학과지성사,
2017.

유진오, 〈박 첨지〉: 한국극예술학회 편, 『한국 현대대표희곡선
집 1』, 월인, 1999.

임선규, 〈사랑에 속고 돈에 울고〉: 한국극예술학회 편, 『한국
현대대표희곡선집 1』, 월인, 1999.

이서구, 〈어머니의 힘〉: 서연호 편, 『한국 희곡 전집 5』, 태학사,
1996.

함세덕, 〈해연〉: 함세덕 저, 노제운 편, 『함세덕 문학 전집 1』,
지식산업사, 1996.

김사량, 〈봇똘의 군복〉: 한국극예술학회 편, 『한국 현대대표희
곡선집 1』, 월인, 1999.

오영진, 〈살아있는 이중생 각하〉: 한국극예술학회 편, 『한국 현
대대표희곡선집 1』, 월인, 1999.

임희재, 〈꽃잎을 먹고 사는 기관차〉: 한국극예술학회 편, 『한국
현대대표희곡선집 2』, 월인, 1999.

하유상, 〈딸들 자유연애를 구가하다〉: 하유상, 『미풍: 하유상

희곡집』, 대영출판사, 1961.

이근삼, 〈원고지〉: 한국극예술학회 편, 『한국 현대대표희곡선
　　집 2』, 월인, 1999.

박조열, 〈목이 긴 두 사람의 대화〉: 박조열, 『관광지대/목이 긴
　　두 사람의 대화』, 지식을만드는지식, 2014.

노경식, 〈달집〉: 노경식, 『달집: 노경식 희곡집 1』, 연극과인간,
　　2004.

윤대성, 〈노비 문서〉: 윤대성, 『윤대성 희곡 전집 2』, 평민사,
　　2004.

김의경, 〈남한산성〉: 김의경, 『남한산성』, 지식을만드는지식,
　　2014.

안민수, 〈하멸태자〉: 김숙현, 『안민수 연출미학』, 현대미학사,
　　2007.

최인훈, 〈봄이 오면 산에 들에〉: 최인훈, 『옛날 옛적에 휘어이
　　휘이: 최인훈 전집 10』, 문학과지성사, 2000.

이현화, 〈카덴자〉: 이상우 편, 『한국 현대희곡선』, 문학과지성
　　사, 2017.

김민기, 〈공장의 불빛〉: 김창남 편, 『김민기』, 한울, 2004.

한 줄도 좋다, 우리 희곡
순간으로 머물며 오래도록 반짝이는

초판 1쇄 발행 2021년 1월 31일

지은이 정수진
발행편집 유지희
디자인 송윤형
제작 제이오

펴낸곳 테오리아
출판등록 2013년 6월 28일 제25100-2015-000033호
주소 03709 서울특별시 서대문구 수색로 100, 113-2902
전화 02-3144-7827   팩스 0303-3444-7827
전자우편 theoriabooks@gmail.com

황석영, 〈장산곶매〉: 황석영, 『장산곶매: 황석영 희곡 전집』, 창작과비평사, 2000.

이강백, 〈봄날〉: 이상우 편, 『한국 현대희곡선』, 문학과지성사, 2017.

윤영선, 〈사팔뜨기 선문답〉: 윤영선, 『윤영선 희곡집 1』, 평민사, 2001.

박근형, 〈경숙이, 경숙아버지〉: 박근형, 『너무 놀라지 마라』, 애플리즘, 2009.

배삼식, 〈열하일기 만보〉: 배삼식, 『열하일기 만보』, 지식을만드는지식, 2019.

김은성, 〈목란언니〉: 김은성, 『목란언니: 김은성 희곡집』, 연극과인간, 2018.